茶花女

LA DAME AUX CAMÉLIAS
ALEXANDRE DUMAS, FILES

小仲馬 著
張瑜 譯

引言

金秋時節的某一天，小仲馬在通往聖．耶爾曼的路上，遇見了著名女演員之子尙．迪雅斯。兩人租了馬匹，便順著森林漫遊，之後回到巴黎，又一起結伴上瓦麗愛丹劇院看戲。

就在這個晚上，劇院的包廂裡坐著一位外貌出衆，風姿綽約，卻揮金如土的女人瑪麗．杜普萊西。關於她，後來小仲馬寫道：「她是一位身材略高、皮膚白嫩透紅的俊俏金髮女郎。頭生得小巧玲瓏，有一雙日本姑娘的眼睛，只不過瞧起人來更富感情而稍帶傲氣。她的嘴唇紅得像櫻桃，那皓齒更是世上絕無僅有。她整個身姿令人想起一座薩克遜瓷雕……」

在這樣的美人面前，小仲馬禁不住一見鍾情，爲之傾倒。

其實，瑪麗．杜普萊西絲雖然出身卑賤，但也是很有教養的。一八四四年，當小仲馬與她結識之時，她的私人藏書已有拉伯雷、塞萬提斯、莫里哀、大仲馬、雨果、拉馬丁和繆塞等人的作品。她十分熟悉這些作家的名作，尤其喜愛詩歌。她還接受過音樂方面的訓練，能激越深情地在鋼琴上彈奏船夫歌和華爾滋舞曲。

年輕的小仲馬並不缺乏高尙情感的衝動，對自己母親深厚的愛，教會了他憐憫一切被社會無端拋棄的女人。小仲馬能夠看出這些風塵女子在尋歡作樂的幌子遮蓋下的眼淚，對她們極爲寬宏大量，並不把她們看作是罪惡，而認爲她們不過是些犧牲品。毫無疑問的，正因爲如此，才使得瑪麗．杜普萊西愛上了小仲馬。有一次，她對他說：「如果你答應一切都順從我的意思，不說二話，不盤三問四，那麼我也許有朝一日會愛上你……」

爲了這個嚴肅認眞而又漂亮的「公子哥兒」，瑪麗．杜普萊西也眞的一度拋棄了一切富有的情人恩客，跟小仲馬一起漫遊於森林和田野之間，帶給了她無限的歡樂，彷彿又回到了天眞爛漫的少女時代……

到了一八四六年底，瑪麗．杜普萊西既然不能靠她病弱的身軀去賺錢，就只好把自己心愛的貴重物品一件件賣掉。待到臨死之時，所有的貴重物品幾乎都已賣光，最後只剩下兩只鐲子、一枚珊瑚胸針、一條馬鞭子和兩把小手槍。瑪麗終於在一八四七年二月三日去世，死於大狂歡即將到來的時刻。歡樂的喧鬧聲早就透過瑪麗住宅的窗子傳進來，而這時重病在床的她，已經是奄奄一息了。

小仲馬是在馬賽港得知瑪麗去世的。這一消息使他悲痛萬分且悔愧不已。不能說小仲馬對瑪麗很壞，但他待她確實是冷酷而又不公平的，爲此小仲馬感到十分內疚。他決心不顧一切地工作，替她還清一切債務。立下這樣的誓言倒是輕而易舉，實行起來可就困難重重了。

當小仲馬回到巴黎時，首先映入眼簾的是一張告示。告示上說，將在昂坦街的九號拍賣瑪麗的家具和飾品，請欲購買者前往參觀該住宅，那裡陳列著所有的動產。小仲馬匆匆趕到那裡。他看到了作爲他那短暫幸福見證的玫瑰木家具，曾覆蓋過溫柔迷人身軀的細軟被褥，以及那些「正派女人」爭相購買的死者衣物。小仲馬觸景生情，感慨萬端，回家後便寫下了一首追憶往日情懷的詩篇。

小仲馬爲了「留作紀念」，買下了瑪麗的一條金鍊子。全部拍賣得了八萬零九百一十七法郎，還清瑪麗的欠債之外尚有剩餘。瑪麗．杜普萊西曾留下遺言，將剩下的錢寄給在諾曼第的甥女（她姐姐蒂里芬娜的女兒），條件是繼承人絕不要上巴黎來。

一八四七年五月，小仲馬又到了聖．耶爾曼，回憶起那一次他跟尙．迪雅斯一起順著森林漫遊的日子。那次漫遊歸來之後，兩人又上瓦麗愛丹劇院看戲，這便成了他與瑪麗浪漫生活的開端。爲了緬懷過去，小仲馬在「白馬旅館」租了一個房間，反覆閱讀瑪麗寫給他的信件，然後奮筆疾書寫成了關於她的小說，取名爲《茶花女》。

小仲馬的小說並非自傳，雖作爲故事基礎的是作者和瑪麗．杜普萊西。不過，還是加入了戲劇性的渲染效果，這部作品銘心刻骨描繪出至死不渝的癡情與犧牲。即使在將近二百年後的今天，讀來仍會誏人肝腸寸斷，不勝唏噓……

第一章

我認爲，只有長期地研究人類之後，才談得上能塑造人物，就如同只有認認眞眞地學習之後，才能講好一種語言一樣。在年齡上，我這支筆尙未能達到隨心所欲的地步，因此只好滿足於平鋪直敘的說法了。所以，我希望讀者相信這個故事絕不是憑空捏造的，其中的人物，除女主人公外，都還健在。而且，我搜集到的這些資料，其大部分證人也都還在巴黎，若有必要，我還可以請他們予以證實。不過由於一種特殊的機緣，只有我才能夠把這些事情寫出來，因爲我是唯一清楚最後那些詳情細節的人，缺少最後那些細節，那麼這個故事就會失去它的完整性，而變得索然無味了。

以下便是我如何得知這些細節的經過。

一八四七年三月十二日那天，我在拉菲特大街見到　張宣稱拍賣家具和古玩珍品的黃色巨幅告示。拍賣會是隨著物主去世而舉行的。告示上沒有提及死者的姓名，只說明了拍賣地點在昂坦街九號，時間是十六日中午到下午五時。此外，告示上還寫著，十三日和十四日可以事先參觀該幢住宅和家具。

我一向十分愛好古玩珍品，豈可坐失良機，即便不買，也得去飽一飽眼福。

第二天，我便來到了昂坦街九號。

時間尚早，但是房子裡早已來了好些前來參觀的男男女女。那些婦女雖然穿的是絲絨衣服，披的是喀什米爾披肩，還有華麗的四輪轎式馬車在大門口等候著，然而，當她們看到眼前的一派豪華的景象，她們也禁不住驚嘆連連，甚至羨慕不已。

不久，我就明白她們驚嘆與羨慕的原因了，因爲只要稍加觀察就不難看出來，我是在一個靠情人供養的高級妓女的家裡。如果有什麼東西是上流社會婦女們（這些來參觀的都是些上流社會的婦女）最想看的，那就是這種女人的住宅了。這種女人的馬車使她們的馬車相形見絀，這種女人跟她們一樣在歌劇院和義大利劇院也擁有包廂，與她們平起平坐。這種女人還在巴黎神氣地賣弄她們的姿色、炫耀她們的首飾以及緋聞醜事。

如今這個女人已經離開人世，所以連最貞潔的婦女也敢闖進她的臥室，因爲死亡似乎已經淨化了這個富麗堂皇的汙穢氣息的場所了。除此之外，如果還需要藉口的話，也儘可以推託說是爲了拍賣而來，壓根兒不知道是什麼人的家。她們看到了告示，想參觀一下告示上所說的那些東西，事先挑選一下而已，再沒有比這個說法更合情合理的了。帶著這樣的想法，她們仍忍不住在這些珍貴的物件當中，窺探這種高級妓女的生活痕跡。她們必然聽別人講過有關這名妓女生前種種荒誕不經的傳聞了。

不幸的是，神秘之事已隨該風塵女子一同消逝，儘管這些貴婦們煞費心機，也只能看到她死後所拍賣的東西，至於生前拍賣的東西便絲毫再也見不到了。不過，這裡值得買的東西倒眞不少。家具皆十分華麗，有花梨木製的、帶有布爾細工雕刻的櫥櫃和桌子，塞弗爾和中國的花瓶，薩克森地區產的小瓷像、綢緞、絲絨、花邊刺繡等，一應俱全。

我跟著那些好奇心十足的婦人穿過一個個的房間。她們走進一間掛著波斯帷幕的屋子，但正當我要進去時她們卻又掩口而笑退了出來，好像在爲她們這種獵奇行爲感到難爲情似的。而這也使我更加迫不及待地想一探究竟了。原來，這是一間梳妝室，裡面擺滿了各式各樣的化妝用品。從這裡可看出，死者生前揮霍錢財已到了極盡奢華的地步。

靠牆的一張三呎寬、六呎長的桌子上，奧科克和奧迪峨兩位著名匠人製作的各樣珍品閃閃發光，琳琅滿目，美不勝收。這樣一個女人，她梳妝打扮上不可缺少的，每件物品不是金子做的，就是銀子做的。不過這些收藏品只能逐漸地累積起來，是任何一個情人絕對無法一手讓它們變得這樣齊全的。

看到了這樣一個風塵女子的梳妝室，我並不覺得反感，倒是饒有興致地仔細察看每件物品，並發現這些雕刻精緻的用具上面都刻有不同的姓名開頭字母和不同的紋章。我望著一件件東西，每一件都令我想到這個可憐女孩的一次賣笑生涯。於是我心想，可憐的孩子，天主對她尚是夠寬宏大量的，他沒有讓她受到通常的懲罰，反而賜給她豪華的生活和美麗的容顏，且在老年來臨之前就死去；對妓女來說，人老珠黃便是她們的第一次死亡啊！

的確，世上還有什麼比放蕩生活的老年，特別是女人放蕩生活的老年更悲慘的呢？她留不下一絲一毫做人的尊嚴，引不起任何人的關心。這種永無止境的悔恨，不是追悔曾經失足，而是追悔自己的失算和胡亂花掉的金錢，這也就成了我們可以聽到的最悲慘的事情了。

我曾認識一個放蕩一時的上了年紀的女人，過去生活留給她的只有一個女兒，她幾乎跟她當年一樣漂亮。這位母親從來沒有對這可憐的女孩子說過：「你是我的女兒。」只要求她爲她養老，就像她自己曾經把她撫養成人一樣。這個可憐的姑娘叫路易絲，她聽從了母親的吩咐，開始賣笑的生涯，不是出於自願，不是出於情欲，而是像在從事別人教會她的任何一種職業一樣。

這個姑娘耳聞目睹的都是放蕩的生活，而且她的放蕩生活開始得很早，加上長期體弱多病，使她喪失了天主也許曾賜給她的、但從未有人想到過要去培植的辨別善惡的智慧。我一直記得這個年輕的姑娘，她幾乎每天都在同一時辰走過林蔭大道。她的母親始終陪著她，就像一個眞正的母親陪伴親生女兒一樣慇勤。當時我還很年輕，已經輕而易舉地接受了那種放蕩的時興風尚，絲毫不以爲稀奇。但是我還記得，一看到這種帶有罪惡目的的陪伴，我內心就會產生鄙視和反感。同時，她那張臉，充滿著天眞無邪和憂鬱痛苦的表情，顯露出一股不可言喻的貞潔，簡直就像一尊「容忍女神」般的雕像。

有一天，這個年輕姑娘的臉上綻露了光彩。在由她母親一手安排的骯髒生涯之中，彷彿天主已賜給她一點點幸福。確實，已使她變得這般軟弱可欺的天主，為什麼還要讓生活苦楚折磨下的她得不到一丁點兒安慰呢？

那一天，她發覺自己懷孕了，她身上還殘存的純眞天性使她樂得跳起來。人的靈魂總會尋找一些奇奇怪怪的寄託。路易絲趕忙跑去把這個令她高興萬分的消息告訴她的母親。說來也眞令人感到羞恥，不過我們不是在任意編造什麼桃色趣聞，而是在講述一件眞人眞事。如果我們不認爲有必要不時地把這些受到譴責不能申辨、受到蔑視不容反駁的人們所受的苦難公諸於世，那麼毫無疑問的就連這類事也以閉口不談爲妙了。儘管這樣做是難以啓齒的，可是那位母親卻回答她的女兒說，應付她們兩個人的生活已經很勉強了，怎麼還養得起三個人；又說這樣的孩子是沒有出息的，懷孕也太浪費時間了。

第二天，一個助產士來看路易絲，人們只要指出她是女孩母親的朋友，事情就清楚了。

路易絲在床上待了好幾天，後來下得床來，臉色比以前更蒼白，人更虛弱了。

三個月以後，有個男人憐憫她，打算醫好她精神上和肉體上的創傷，但是最後那一次的打擊實在太厲害，路易絲竟然由於小產的後遺症而離開了人世。那母親依舊活著。怎麼個活法，只有天知道了。

當我對眼前的這些金銀製造的梳妝用具望得出神時，這個故事又浮現在我的腦海裡。我一定沉思了好長一段時間，因爲房間裡只剩下我和一名看守人了。他站在門口，緊盯著我，看我會不會順手牽羊拿走什麼東西。

我走到這個被我弄得萬分不安的人跟前。

「先生，」我對他說：「你能把這裡原先住戶的姓名告訴我嗎？」

「瑪格麗特．戈蒂耶小姐。」

我知道這個女孩的名字，也見過她。

「什麼！」我對看守人說：「瑪格麗特．戈蒂耶去世了？」

「是的，先生。」

「什麼時候去世的？」

「我想有三個星期了吧。」

「爲什麼開放住宅讓人參觀呢？」

「債主們都認爲這樣做可以抬高拍賣價錢。你知道，讓大家事先看看這些東西的實際用途，就會引起他們購買的興趣了。」

「這麼說，她欠了債？」

「嗯，先生，可欠了不少呢！」

「拍賣以後可以還得清吧？」

「還有剩下的。」

「那麼多餘的錢給誰呢？」

「給她家裡。」

「她有家？」

「好像有。」

「謝謝。」

看守人弄清我的意圖後便放心了，向我行了個禮，我也就走了出來。

「可憐的姑娘！」我一面往回走、一面心裡想：「她一定死得很慘，因爲在她那種環境裡，只有身體健康的時候才會有朋友。」我不由自主地對瑪格麗特·戈蒂耶的遭遇感到十分哀傷。

在許多人看來，這也許有點可笑，但是我對風塵女子總是懷著無限的同情，我甚至也不想爲了這點而懇求別人的寬恕。

有一天、我到警察局去拿護照，在附近的一條街上看見兩個警察押走一名風塵女子。我不知道這個女子犯了什麼罪，我所知道的，就是她痛哭流涕地抱吻著一個只有幾個月大的嬰兒。她被捕後，母子就要骨肉分離。

從那天起，我就再也不敢輕易地瞧不起一個女人了。

第二章

拍賣日期定於十六日。

在參觀和拍賣中間留有一天時間，以便把掛毯、窗帘之類的東西拿下來。

這時候，我剛從國外旅行回來。平時朋友們總愛把重大的新聞告訴剛回到國內的人，但這一次在這些新聞中，我卻沒有聽說瑪格麗特去世的消息。這也是很自然的，因爲儘管瑪格麗特長得美麗，但是像她這樣的女人，生前越是轟動一時，死後就越是冷冷清清。她們是些升起落下均未受人注意的星辰。如果她們年紀輕輕的就死了，那她們的去世確會同時被她們所有的情人得知；因爲在巴黎，一個名妓的情人幾乎彼此都有密切的交往。他們會交換幾句對死者的回憶緬懷，然後他們的生活又會一如既往，就像什麼事也沒發生過一樣，甚至誰也沒有灑下一滴同情之淚。

如今，當一個人到了二十五歲的年紀，他們的眼淚就成了稀罕的東西，再也不會不分青紅皀白地輕易浪費。充其量只有那些曾經給過同樣淚水的父母，才會贏得孩子們報恩的眼淚。

至於我，雖然我姓名的開頭字母在瑪格麗特的任何一件生活用品上都找不到，但是我剛才承認了的，我那種固有的本能的寬容，那種天生的同情心，使我對她的去世久久難以忘懷，也許超過了她値得我思念的程度。我記得過去經常在香榭麗舍大街遇到瑪格麗特，她每天都乘著一輛由兩匹栗色駿馬拉的藍色四輪小馬車到那裡去，從不間斷。那時候我就注意到她絕豔的風姿，超俗的氣質，實在是與衆不同的。

這些可憐的女人不論何時出門，總有什麼人陪著。因爲沒有一個男人會願意公開跟她們的曖昧關係，而她們又害怕孤單寂寞，所以就帶上作伴的人。這些作伴的人之中有些是境況較差的、沒有馬車的姑娘，有些是喜歡打扮卻無法再漂亮起來的老婦人。當人們想打聽她們所陪伴的女主人的隱私時，放膽地去問這些人就是了。

可是瑪格麗特卻不是這樣。她上香榭麗舍大街時總是獨自一個人坐在馬車裡，儘可能緊貼在車後座上躲起來，冬天裡披著一條喀什米爾大披肩，夏天則穿著素雅的長裙。雖然她散步時常會遇到許多熟人，但當她偶爾對他們微笑的時候，那種獨一無二的微笑，讓他們看得出來，也只有公爵夫人才會有這樣的笑容。她不像她那些同行的姑娘一樣，老是在圓形廣場到香榭麗舍大街街口之間往返驅車散心，而是飛快地驅車直奔布羅涅樹林（當時上流社會在巴黎近郊的遊樂地方）。她在那兒下了馬車，散步個把小時，然後再坐上馬車，又由馬兒飛快地把她送回家來。

所有這些我經常親眼看到過的情景，如今又在我的腦海湧現。我惋惜這個年輕女孩的過早離開人世，猶如人們惋惜一件精緻的藝術品遭到徹底毀壞一樣。

的確，女人之中再無法看到比瑪格麗特更貌美迷人的了。她的細高個兒顯得有點過分，但是她卻具有一種極其高明的本領，只要在衣著上稍下一點工夫，便能彌補這個天生的缺陷。她的喀什米爾披肩下端直拖到地面，卻讓絲綢長裙的荷葉邊從披肩兩邊飄露出來。她壓在胸口的暖手用皮手筒圍繞著非常巧妙安排的摺層，使得整個身段線條，即使是最愛挑剔的眼睛也無可指責。她的頭長得眞美，是一件別出心裁的作品。它小巧玲瓏，就如同繆塞（浪漫主義作家）所說的，像是她母親特別精心雕琢的一般。

在一張難以描繪的俏麗鵝蛋形臉龐上，配上一雙烏黑的大眼睛，眼睛上方是兩道彎彎的、明淨得像是細描上去的眉毛；長長的睫毛遮住了雙眼，當眼帘低垂時，睫毛便在玫瑰色的雙頰上投下一抹淡淡的陰影；再添上一個端莊挺秀的鼻子，鼻翼因對情欲生活的熱烈渴望而微微地張著；在臉龐上再描出一張勻稱的嘴，柔唇輕啓處微露出一口潔白的皓齒；再為肌膚添上未經人工接觸過的蜜桃絨衣的顏色；於是你便能領略她這副迷人的容貌了。像黑玉般烏黑的秀髮，不知是生就的還是人工梳成的，宛如波浪一樣飄灑，在前額分為寬闊的兩大綹，一直拖到腦後中剛好讓兩個耳垂露了出來，耳垂上掛著兩顆各值四五千法郎的鑽石耳墜，光彩奪目。為什麼瑪格麗特熱情縱欲的生活會在她的臉龐上留下這般純潔，甚至稚氣的、成為某種特徵的神態，這眞是個令人百思不解。

她有一張維達爾幫她畫的肖像，也只有維達爾這個人的妙筆才能畫得如此傳神。她去世以後，我一度把這幅肖像保存了好些日子。畫是出奇地逼眞，我曾用作參考，因為有些地方光憑我的記憶也許已記不起來了。

這一章所描寫的那些細節，有些是我以後才知道的，但我還是按順序把它們寫出來，免得故事開始以後又得回過頭來補述一番。

每逢有戲劇的首場演出，瑪格麗特總是場場必到；每個晚上她不是在劇院裡、就是在舞會上度過。每當新的劇本上演，劇院裡準能見到她。她總是坐在樓下包廂裡，包廂前面的小桌上擺著三樣她從不離身的東西：一副望遠鏡、一袋蜜餞和一束茶花。

一個月當中，這茶花有廿五天是白色的，有五天是紅色的。沒有人清楚這種調換茶花顏色的原因。我特別指出此事，是因爲連我也無法解釋。不過，在她最常去的劇院裡，那些老觀衆和她的朋友們也早就留意到這件事了。除了茶花，人們從未見到瑪格麗特帶過別的花。因此在巴爾戎太太花店那裡，人們於是把她叫做茶花女，這個外號也就這樣子傳開來了。

此外，像所有生活在巴黎的某一個圈子裡的人們一樣，我知道瑪格麗特曾經做過社會上一些最時髦的年輕貴族的情婦，她對此事毫不掩飾，而那些年輕貴族也以此爲榮，說明他們對彼此都感到滿意。

然而，她從溫泉療養勝地巴涅爾旅行歸來後，據說有三年光景只跟一位外國老公爵住在一起。這位公爵極爲富有，他設法要她儘量擺脫她以往的生活，看來她也很樂於接受此事。

關於這件事別人是這樣告訴我的。一八四二年的春天，瑪格麗特身體很不好，醫生囑咐她進行溫泉治療，於是她就去了巴涅爾。在進行溫泉治療的病人當中，就有那位公爵的女兒，她不但害的病跟瑪格麗特的相同，而且長相也一模一樣，甚至常被誤認爲是姐妹。只是公爵小姐的肺病已到了末期，瑪格麗特來後沒幾天，她就去世了。

公爵實在不忍離開這塊埋葬了他一部分心靈的土地，所以在女兒去世後仍留在巴涅爾。

某天早晨，他在一條林蔭大道的拐角處見到了瑪格麗特，就彷彿見到了自己女兒的身影，於是他向她走近，緊握她的雙手，淚眼簌簌地擁抱她，也不問她是誰，就哀求允許在她身上傾注對他死去女兒的一片疼愛之情。當時瑪格麗特只和她的女僕待在巴涅爾，一點也不用擔心會招惹什麼是非，所以便欣然同意了公爵的請求。

不過，有一些認識瑪格麗特的人剛好也在巴涅爾，他們便特意把戈蒂耶小姐的眞實身分告訴了公爵。這對老人家而言，是個沉重的打擊，因爲如此一來，她和他的女兒在舉止方面便再沒有什麼相似之處了。但是爲時已晚，這年輕的女孩已經成了他心靈上的寄託，成了他賴以生存下去的唯一藉口與支柱了。他絲毫不責備她，他也確實沒有權利這麼做，但是他問她是否覺得有可能改變她的生活，作爲補償她可以得到她所想要的一切。瑪格麗特同意了。

必須說明的是，這個時候瑪格麗特病得十分嚴重。在多愁善感的瑪格麗特看來，她以往的生活彷彿是她患病的一個主要原因。而一種迷信的想法，又使她希望能用悔悟和皈依，來換取天主恢復她的健康和美麗。夏去秋來，溫泉治療、正常睡眠、長距離散步，使她的健康幾乎完全恢復了。公爵陪伴瑪格麗特回到巴黎，他如同在巴涅爾時一樣，仍舊不斷地來探望她。

他們之間的這種關係，沒有人清楚它的眞正原由和動機，所以在巴黎引起了極大的轟動，因爲已經以富豪著稱的公爵，現在更以揮金如土而更聲名狼藉一時了。老公爵和年輕女孩的接近，被說成是由於一個老富翁的放蕩。這下子大家都信以爲眞了，不管說什麼，人們都會相信，就是不相信眞實的情況。

其實，這位做父親的對瑪格麗特感情的起因是非常純潔的，他和她的關係純屬心靈的交往，除此之外別的關係在公爵看來都是一種猥褻。除了一個女兒能從父親口裡聽到的話之外，他從不向她說出別的一個字眼。

我絕不是想爲我們的女主人公樹碑立傳，只是想如實地敘述而已。當她待在巴涅爾的時候，她對公爵的允諾是不難遵守的，她確實也做到了。可是一旦一回到巴黎，這個揮霍成性、過慣了舞場酒館生活的女孩就感到，只有公爵定期的拜訪才得以解悶的孤寂生活，眞使她無聊透了。往日生活熾熱的氣息，又支配了她整個身心。

我們還要強調的是，瑪格麗特這次旅行歸來後，比過去更加美麗動人，她才二十歲，疾病暫時被抑制住了，但並沒有根除，它仍促使她產生那些狂熱的欲望，而它們正是肺病帶來的後果。

公爵的朋友們認爲，公爵和瑪格麗特在一起有損他的聲譽，他們總想伺機抓住那個年輕女人行爲不端的事實。有一天，這些人終於證據確鑿地來對他說，她在拿準公爵不會來看她的時候接待了別的人，而且這種接待常常延續到第二天。公爵聽了這話深感痛苦。瑪格麗特在公爵的盤問下也承認了一切，並毫不隱瞞地勸公爵從此不用再關心她，因為她感到自己沒有力量再信守原來的諾言，所以也就不願意再接受一個被她欺騙的人的恩惠。

公爵有一個星期沒在瑪格麗特家露面，這便是他唯一的法寶了。到了第八天，他就又來請求瑪格麗特依舊接待他，只要能見到她，便答應一切均聽憑她自己作主，同時發誓即便有什麼事令他難過得要命，他也絕不再責備她一句。

這便是瑪格麗特回到巴黎三個月以後，也就是一八四二年十一、二月裡的情形。

第三章

十六日下午一點，我來到了昂坦街。在大門口就聽得見拍賣估價人的叫喊聲。屋子裡擠滿了好奇的人們。那些花街柳巷的名媛都到場了。一些貴婦人偷偷地打量她們。這些貴婦人又抓住一次拍賣的好機會，以便有可能就近詳端細看這些她們從未有機會遇到的女人，也許還暗地裡羨慕這些女人自由放蕩的享樂生活呢！

F公爵夫人好幾次和時髦的妓女中憂鬱典型的A小姐擦肩而過。T侯爵夫人拿不定主意要不要把那件D夫人一再抬價的家具買下來，D夫人是當今最風流最聲名狼藉的蕩婦。Y公爵是一個在馬德里被認爲就要在巴黎弄得傾家蕩產，而在巴黎又被認爲在馬德里弄得傾家蕩產的人，而事實卻是他連自己的收入也花不完。

現在他一面跟M夫人聊天，一面卻和N夫人眉來眼去。M夫人是個幽默風趣的談天好手，她有時還把自己閒扯的東西寫出來，簽上名字便拿去發表呢！N夫人則是香榭麗舍大街一帶光彩奪目的人物，她的穿著不離粉紅色和藍色，給她拉車的是兩匹大黑馬，那是著名馬商東尼以一萬法郎賣給她的，她也以特有的方式支付清楚了。最後還有R小姐，她靠自己的才能掙得錢財地位，使那些靠嫁妝起家的上流社會女人自慚形穢，使那些靠愛情生活的女人更是望塵莫及。現在她不顧天氣寒冷，也趕來買東西，注意她的人還真不少呢！

我們還可以舉出許多聚集在這間房間裡人們的姓氏的開頭字母，這些人對自己在這裡擦肩相遇也感到有點吃驚，不過我們恐怕讀者厭煩，就不介紹了。

我們只稍微描述一下，所有的人當時都十分興高采烈，在他們當中有許多人是認識死者的，卻裝做一點也記不起來了。大家放聲大笑。拍賣估價人聲嘶力竭地叫嚷著。在拍賣桌前面的長凳上坐得滿滿的交易人，要大家安靜，好讓他們平心靜氣地做生意，但是沒有用。像這樣顧客繁雜、人聲鼎沸的聚會，可說是前所未有的。

我悄悄地溜進了這堆雜亂的人群裡，一想到靠拍賣東西來還債的那個可憐的女孩，就是在隔壁的房間裡斷了氣時，心中便感到一陣難過。

我上這兒來與其說是買東西，還不如說是看熱鬧。我望著那些拍賣商的嘴臉，發現每當一樣東西叫到他們意料不到的高價時，他們就眉開眼笑。這些人在這個女人的賣笑生涯中進行投機，在她身上獲取了百分之百的好處，在她生命垂危的時刻，用貼了印花的借據（即有貼印花稅，在法律上站得住腳的借據）跟她糾纏不休；在她死後，這些人又蜂湧而來採摘他們敲詐盤剝的果實，索取他們可恥貸款的高利。他們全都是些所謂的正人君子哪！難怪古人讓商人和盜賊共同供奉一個神，眞是絕頂聰明！

華麗衣裙、喀什米爾披肩、首飾，出乎意料快地賣完了。對這些東西我都絲毫不感興趣，我仍舊等待著。突然間，我聽到：

「精裝書一冊，裝訂考究，書邊燙金，書名叫《曼儂·雷斯戈》（十八民紀法國普萊沃神父創作的愛情小說）。扉頁上寫著一點東西。十法郎。」

「十二法郎。」靜默了好一陣，一個聲音說。

「十五法郎。」我說。

為什麼出這個價錢，我也不明白。無疑是為了那上面寫的一點東西。

「十五法郎。」拍賣估價人重覆了一遍。

「三十法郎。」第一個出價人用一種彷彿向抬高價錢的人挑戰似的聲調說。

這變成了一場爭奪戰。

「三十五法郎！」我用同樣的聲調喊道。

「四十。」

「五十。」

「六十。」

「一百！」

我承認，如果我是想引人注目的話，那無疑完全遂了我的心願，因為聽到這個高價，全場都鴉雀無聲。大家都眼睜睜地望著我，想看看如此一心一意要買下這本書的到底是個什麼樣的人。

我最後一次叫價的口氣，似乎把那個對手給鎮住了。他情願放棄這場到頭來使我多付十倍於原價的對抗。他向我鞠了個躬，對我彬彬有禮地（儘管遲了些）說：

「先生，我讓給你了。」

沒人再抬價，書就賣給我了。

我怕我的自尊心還會激起賭氣搶買的事，而這是我的經濟能力所承受不了的，我只好叫他們登記了我的姓名，把書留給我，接著走了出來。我一定叫那些親眼看到這個場面的人都在作種種猜測，他們無疑的會暗中思量我出一百個法郎高價買一本書，究竟抱有什麼目的，而這樣一本書，我花上十個或者最多十五個法郎到處都可買得到。

一個小時以後，我派人取回拍賣購得的書。

在書的扉頁上，贈書人用鋼筆寫著兩行秀麗的文字：

曼儂對瑪格麗特

自愧不如

下面的署名是：阿芒・杜瓦

「自愧不如」是什麼意思呢？在這位阿芒・杜瓦先生看來，是不是曼儂承認瑪格麗特在風流放蕩的生活上，或者在愛情上都要比自己更勝一籌？後一個關於愛情的解釋似乎可取一些，因為頭一個解釋，只能是一種赤裸裸、不顧情面的講法，不管瑪格麗特的自我評價如何，她是絕不會接受的。

我後來又出去了，直到晚上睡覺的時候才想起了這本書。

的確，《曼儂．雷斯戈》是個動人的故事，它的細微末節我都已經記得爛熟，但是每當我再拿起這本書時，依舊愛不釋手。我一打開書，普萊沃神父筆下的女主人公便又浮現在我的眼前，這種情形已有百把次之多。這個女主人公是那樣的眞實，彷彿我已認識她一般。

如此一來，曼儂和瑪格麗特之間的一種對比，使這本書對我添增了一種意想不到的吸引力，而且我對從她那裡繼承了這本書的可憐的女人的寬容，一下子變成了憐憫之心，後來幾乎成了一種愛慕之情。

的確，曼儂是死在荒涼的沙漠，但也是死在用整個心靈愛她的人的懷裡，她死後，他還親手爲她挖了一個墓穴，裡面浸透了他的熱淚，並連同他的整個心靈也都埋葬在那裡面了。而瑪格麗特這個和曼儂一樣有罪的女人，也許和曼儂一樣改邪歸正了的女人，雖然死在華麗的床上（就像我所看到的那樣，似乎死在她過去睡覺的床上），但是卻死在心靈的沙漠裡，這個沙漠遠比埋葬曼儂的沙漠更貧瘠，更荒漠，更冷酷無情。

我從幾個了解她臨終情況的朋友那裡聽說，瑪格麗特在遭受痛苦折磨的漫長兩個月時光裡，確實沒有一個眞正的朋友來到她的床前，給過她丁點兒的安慰。

然後，從曼儂和瑪格麗特，我聯想到我認識的那些女人，我看見她們唱著歌，走上正好通向這樣一種歸宿的道路。可憐的人！如果說愛她們是不對的，難道連同情她們也有錯嗎？你同情從未見過陽光的瞎子，同情從未聽過大自然和諧之音的聾子，同情從未發出過他的心聲的啞巴。而在虛僞的廉恥的藉口下，你卻不願同情這種感情上的瞎子，靈魂上的聾子，良心上的啞巴。殘疾使這些痛苦不堪的女人失卻了理智，使他們不由自主地看不到善良，聽不到天主的聲音，說不出表達愛情和信仰的純潔言語。

雨果寫過瑪莉歐·德洛姆，繆塞寫過貝爾娜雷特，大仲馬寫過費爾蘭德，每個時代的思想家和詩人都對風塵女子獻出過他們的憐憫之心，偶爾還有個別大人物曾用他的愛情，甚至用他的名字來爲她們恢復名譽。如果我堅持這一點，那是因爲在那些要讀我這本書的人當中，也有許多人已經打算把它扔掉，他們害怕在書裡看到對墮落賣身的一種辯護，同時作者的年紀，肯定會對這種擔心起著推波助瀾的作用。讓我別欺騙抱有這種想法的人，如果他們單單害怕這一點，那就請放心地看下去吧。

我非常單純地信奉這樣一條原則：對於沒有受過「善」的教育的女人，天主幾乎總是打開兩條通往上蒼的道路：一條是悲傷之路，另一條是愛情之路。這兩條路都十分崎嶇難行，走上去的人，雙腳都要淌血，雙手都被刮得鱗傷。她們就這樣同時把罪惡外衣留在沿途的荊棘叢裡，到了旅途的終點，已成了赤身裸體，卻毫不臉紅地站在天主面前。

遇到這些勇敢旅客的人們，應該幫助她們，應該告訴所有的人說曾經遇到過她們，因爲這樣做也就是指明了正確的途徑。僅僅在人生的入口處樹立兩根柱子，一根上面寫著「正路」，另一根則寫著「邪路」，然後對走到路口的人說：「選擇吧。」這麼做是解決不了問題的。應該像基督那樣，爲那些受環境引誘的人，指出從第二條路通往第一條路的途徑。尤其不要讓這樣途徑的開頭走起來太艱苦，令人望而卻步。

在這方面，基督教有一個浪子回頭的感人寓言，教導我們待人要寬宏大量。耶穌對那些深受情欲之害的靈魂滿懷博愛，他喜歡在包紮那些傷口的時候，從傷口本身找到會治好傷口的香膏。他對瑪德琳說：「你將得到寬恕，因爲你愛得這麼多。」這是一種崇高的寬恕，它只會喚起一種崇高的信仰。

爲什麼我們要讓自己比基督還要嚴厲呢？這個世界爲了使人們相信它的強大而變得十分嚴酷，而我們爲什麼要死抱住一些世俗的看法，以世界的成見爲己見，把那些傷口尚流著鮮血的靈魂拋棄掉呢？如同滲出病人的壞血一樣，從那些傷口會淌出她們過去的罪惡。這時，只要伸出一隻友誼的手來洗滌這些傷口，她們的心靈就會康復。

我向我們同時代的人呼籲，向那些幸好不再承認伏爾泰學說的人呼籲，也向那些和我一樣懂得這十五年來人道主義已得到了大膽發展的人們呼籲。善與惡的學說已經得到了公證，信念又再度建立起來，我們又重新恢復了對神聖事物的崇敬。如果說世界還沒有一下子變得盡善盡美，至少它已比過去好多了。一切有才智的人全都致力於一個目標，一切意志堅強的人都堅持同一個原則：「要善良，要真誠，要永保青春！」邪惡不過是個空洞的東西，讓我們爲美德感到自豪，尤其不能讓我們感到絕望。我們不要輕視那些既非母親，又非姐妹，既非女兒，又非妻子的女人。不要僅僅對家人尊重，也不要僅僅對利己主義者寬容。既然上蒼對一個痛改前非的罪人，比對九十九個從未犯罪的正直的人還要歡喜，那就讓我們盡力讓上蒼高興吧，它會加倍報答我們的。讓我們在人生旅途上，把寬容施捨給那些已被世俗的欲望毀掉、天主的希望也許能夠拯救的人，就像那些民間老太婆開一個土藥方時所說的一樣，即使它醫不好病，也不會把病人醫壞。

的確，從我論述的渺小主題引出這樣重大的結論，似乎十分膽大妄爲，可是我是那種相信什麼事都能由小見大的人。孩子雖幼小，卻孕育著成年人；頭腦雖狹窄，卻蘊藏著無窮的思想；眼睛不過是個小丁點，而遼闊的天地竟然盡收眼底。

第四章

兩天之後，拍賣會結束，一共賣得十五萬法郎。債主們分到這筆錢的三分之二。瑪格麗特的家人，一個姐姐和一個甥女繼承了其餘部分。

當這位姐姐接到律師的信，得知她可以繼承一筆五萬法郎的財產時，驚訝得目瞪口呆。這女子已有六、七年沒見著她的妹妹了，自從瑪格麗特離家以後就一直杳無音訊。她連忙趕到巴黎，瑪格麗特的熟人見到時她都大吃一驚，原來瑪格麗特的財產繼承人竟是個大塊頭的鄉下美姑娘，而且還從未離開過她的村子呢！她一下發了大財，甚至自己也弄不清楚這筆意外之財有個什麼來歷。我事後聽說，她還懷著由於妹妹去世所感到的巨大悲痛，又回到鄉下去，不過她已將這筆錢放了債，每年有四厘五的年息收入，這使她的悲痛得到了補償。

所有這樣的一些情況，在巴黎這個醜惡淵藪的城市裡可說是層出不窮，屢見不鮮，才一開始就被遺忘了，連我也在漸漸地忘卻我曾參與過的那些事。這時候，一件新發生的事情，讓我知道了瑪格麗特的整個身世，了解到一些非常感人的詳情與細節，這就促使我產生了把這個故事寫下來的念頭。

那幢家具全拍賣光了的住宅，招租都已有三、四天了。

一天早上，有人來按我的門鈴。

我的僕人，或者不如說是我兼做僕人的看門人去開了門，拿回來一張名片，並且說遞交名片的人想找我談談。

我瞥了名片一眼，看到了這樣幾個字：阿芒·杜瓦。

我竭力回想我在哪兒看過這個名字，於是我想起了那本《曼儂·雷斯戈》的扉頁。送這本書給瑪格麗特的人找我有什麼事呢？我吩咐馬上請他進來。

我看到了一個年輕人，金髮、高個兒、臉色蒼白，身穿旅行裝，而且似乎已穿了好些天，甚至到了巴黎後也沒花點工夫刷一下，因為上面蓋滿了灰塵。

杜瓦先生十分激動，對此他絲毫不加以掩飾，淚眼汪汪地用顫抖的聲音對我說：

「先生，請原諒我這麼衣冠不整、冒冒失失地拜訪你，但年輕人之間是用不著這麼客套的，何況我這樣急於在今天見到你，甚至顧不得先到下榻的旅館去，就直接趕到你這兒來了，雖然時間尚早，卻還生怕見不著你呢。」

我請杜瓦先生在爐火旁邊坐下，他一面坐下，一面從口袋掏出一條手帕，把臉捂了一會兒。

「你一定覺得奇怪，」他傷心地嘆著氣說：「一個素昧平生的人，在這樣的時刻，這樣一身裝束，這樣哭哭啼啼地跑來找你是怎麼一回事？先生，我的來意很簡單，是求你幫個忙哪！」

的眼睛。

「請說吧，先生，我樂意爲你效勞。」

「瑪格麗特．戈蒂耶的遺物拍賣的時候，你到場了吧？」

一講到瑪格麗特，這個年輕人暫時抑制住的感情一下子又失控了，不得不用雙手又捂住了他

「在你看來我一定顯得很可笑，」他又說：「請你再一次原諒我，請你相信，我永遠忘不了你樂意聽我講話的這份耐心。」

「先生，」我回答道：「如果我給你的幫助能稍許減輕你的痛苦，那就請快一點告訴我該怎麼做，你會發現我是一個很樂意爲你效勞的人。」

杜瓦的悲痛確實令人同情，我眞禁不住渴望爲他盡點力。

隨後他說道：「拍賣瑪格麗特的遺物時，你買了點東西是嗎？」

「是的，先生，我買了一本書。」

「《曼儂．雷斯戈》？」

「沒錯。」

「你這本書還在嗎？」

「在我的臥室裡。」

阿芒．杜瓦聽到我這麼一說，似乎壓在他心上的石頭落了地，連忙向我道謝，彷彿我保存了

這本書就已經幫了他的大忙似的。

於是，我站起來，走到臥室把書拿來，交給了他。

「正是這本書，」他看了扉頁上的題詞，又翻翻書，說道：「正是這本書。」接著兩顆豆大的淚珠便滴落在書頁上。「那麼，先生，」他抬起頭對我說道，甚至不想再掩飾他已經哭過，而且止不住又要再哭起來的情緒：「你很珍惜這本書嗎？」

「你問這個做什麼？」

「因爲我想求你把它讓給我。」

「請原諒我的好奇，」我說：「這麼說來，把這本書送給瑪格麗特．戈蒂耶的就是你囉？」

「是我。」

「這麼說，先生，書是你的，拿去吧，我很高興能夠物歸原主。」

「可是，」杜瓦先生有點尷尬地說：「起碼，我應該把你付的書錢還給你。」

「請允許我把這本書奉送給你吧。在這類型的拍賣中，一本書的價錢是微不足道的，我已經記不起來花多少錢了。」

「你花了一百法郎。」

「一點都不錯，」我說，這一下輪到我尷尬了。「你是怎麼知道的？」

「這很簡單。我原指望能及時回到巴黎趕上瑪格麗特遺物的拍賣會，但我直到今天早上才趕到，我好歹要得到一樣曾經屬於她的東西。於是，我跑到拍賣估價人那兒，請他讓我看看拍賣物的買主名單。我看到這本書是你買去的，就決定求你割愛，雖然你付的高價錢令我擔心，你一心一意要得到這本書，也可能是想留做紀念的呢。」

阿芒這樣說，顯然好像在擔心我也跟他那樣認識瑪格麗特。我趕忙寬慰他：

「我只是見過戈蒂耶小姐一面，」我對他說：「她的去世給我留下的印象，不過是個漂亮女人給一個樂於見到她的年輕人留下的那種印象。我想在那次拍賣中買點什麼，所以固執地一再給這本書加價，同時也是出於好玩，就有意激怒一位發了狠、好似向我挑戰，一定要把它弄到手的先生。我再對你重覆一遍，先生，這本書歸你了，我再一次請你收下，不要把我看成是拍賣估價人，就讓這本書成爲我們來日方長的交往保證吧！」

「好的，先生，」阿芒說，同時伸出手來緊握著我的手：

「那我就收下了，這叫我一輩子都感激不盡。」

這時，我很想問問阿芒關於瑪格麗特的事情，因爲書上令人費解的題詞，這個年輕人的匆忙跋涉，他想得到這本書的迫切心情，樣樣都激起了我的好奇心。可是，我不敢貿然提出來，生怕會引起他的誤解，認爲我之所以拒絕書款，不過是爲了想得到窺探他私事的權利。他像是猜到了我的心思，因爲他對我說：

「你看過這本書了嗎？」

「從頭到尾全看過了。」

「你對我題的那兩行字有什麼看法？」

「我一下子就看出來，在你的眼裡，接受你贈書的那位姑娘非比尋常，因爲我不能把你這兩行字看做是一般的恭維話。」

「你說得對，先生。這女孩眞是一位天使。喏，請看看這封信吧。」說著他遞給我一封信，這信似乎他已翻來覆去不知讀過多少遍了。

我打開一看，信上內容如下

親愛的阿芒：

來信已經收到，你的心腸還是那麼好，我眞要感謝天主。是的，我的朋友，我病了，而且患的是一種絕症；可是你還是如此關心我，這就大大地減輕了我的病痛。我料想活不長了，你爲我寫下這封感人肺腑的信，而我卻連握一握你的手的那種福分也沒有了。如果有什麼東西能治好我的病的話，那麼你信裡的話語就足夠了。

我再也見不到你了，因爲我眼看就要離開人世了，而你卻遠在千里之外。我可憐的朋友！你從前的瑪格麗特如今已是面目全非，與其看到她現在這副悽慘的模樣，倒不如不見爲好。你問我是否肯原諒你，啊！朋友，我是非常非常樂意的，因爲你使我受到傷害的做法，恰好是你對我依戀不捨的見證。

我臥床不起已有一個多月了，我珍惜你對我的尊重，所以每天都要寫下我的生活日記，從我們分手的時刻起，直到我再也沒有氣力寫下去爲止。如果你眞誠地關心我，阿芒，那麼請你回來後去看看朱麗·迪普拉。她會把這些日記交給你。你會在日記裡找到發生在我們之間的那些事的根由。朱麗待我非常好，我們常常聚在一起談到你。你的信寄到時，她正好在我這兒，我倆都爲之傷心落淚。

就算你沒有給我寄來片紙隻字，我本來也已經委託她等你回到法國後，便把這些日記交給你。不要爲了這個而感激我，每天追憶我一生中不可多得的那些幸福的時刻，對我也有莫大的裨益。如果你在閱讀這些日記時，能找到對往事的諒解，我呢，也就可以從中得到一種受用不盡的慰藉了。我木想給你留下點什麼，好讓你經常想起我；可是家裡的東西都已經給查封，我眞是一無所有了。

你理解我的處境嗎，朋友？我眼看就要離開人世，從我的臥室也能聽見客廳裡的腳步聲，那是債主們派在那兒的看守人在踱來踱去嚴防任何東西私下裡給弄走。所以，即使我不會死，也沒有一樣東西算是我的了。我眞希望他們能等到我死後再開始拍賣。

啊！人們眞是冷酷無情。不，我錯了，不如說上帝是剛正不阿、鐵面無私的呵！

好吧，我親愛的，你一定要來參加我的遺物的拍賣，你要買下點什麼，因爲，哪怕我給你留下一樣最微薄的東西，別人也就會有可能誣告你，說成是侵吞查封了的財物。我就要離開的不過是悲慘的一生！

但願天主慈悲，能讓我死前再見上你一面！就眼前的情況看，我的朋友，我們得永別了。原諒我不能把信寫得長一點，那些答應治好我的病的人常給我放血，弄得我精疲力竭，到此我的手再也沒有氣力往下寫了。

瑪格麗特・戈蒂耶

的確，最後兩個字只能勉強辨認。我把信還給阿芒，趁我看信的時候，他也一定在心裡又把這封信默念了一遍，因為他一面接過信、一面對我說：

「誰會相信寫這封信的人竟是一個淪落風塵的女孩！」往事的回憶使他十分激動，對著信上的字癲凝視了一陣子，末了才把信貼到嘴唇上。

「我一想到……」他又說：「她沒見到我就離開了人世，我今生今世再也見不到她了；我一想到她為我做的是連一個親姐妹也做不到的事時，我就不能原諒自己讓她如此悲慘地死去。一想到她死了！她臨終時還念著我，給我寫信，不停地呼喚我的名字，我可憐的瑪格麗特！」

阿芒任憑自己的思緒翻騰，熱淚滾滾，同時向我伸過手來，接著說：

「如果別人看到我為這樣一個女孩的去世如此心碎，會認為幼稚好笑，這是因為他們不知道我曾讓她遭受了多大的痛苦，我對她多麼狠心！而她則是多麼善良和無怨無悔！我原來以爲應該原諒她的是我，而現在，我發現自己連接受她的寬恕都不配。啊！假如能讓我跪在她的腳下痛哭一個小時或少活十年，我也心甘情願。」

不了解別人痛苦的情由，是很難加以安慰的，然而我對這個年輕人還是十分同情，他又這樣坦率地把我當作是可以傾吐悲傷的知心人，我相信對我的話他也不會無動於衷，所以我對他說：

「你沒有親戚朋友嗎？你要振作起來，去看看他們，他們會給你安慰的。至於我，只能憐憫你而已。」

「你說得對，」說看，他站起身來，在房裡踱來踱去：「我眞的叫你厭煩了。我先沒有想到我的痛苦跟你絲毫不相干，我對你嘮叨的事你是根本不可能也不會感興趣的。」

「這你就誤會我的意思了，我非常樂意幫助你；只不過令人遺憾的是對你的悲痛我感到有點愛莫能助。如果跟我或者我的朋友在一起可以減輕你的煩惱，總之，不管你在哪方面用得著我，請你相信，能夠爲你做點什麼對我都是莫大的愉快。」

「抱歉，對不起，」他對我說：「痛苦令人感情衝動。請允許我在你這兒再待幾分鐘，好讓我有時間把跟淚擦乾，免得街上的閒人看到我這麼大的一個人還哭成這個樣子，會笑話我的。你剛才把這本書送給了我，這就夠叫我高興的了；我眞不知道該怎樣感謝你才好。」

「那你就分給我一點友誼，」我對阿芒說：「把你悲痛的原因告訴我吧。說出來後，心裡也會好過一些。」

「你說得對。但是今天我太難過了，連話也說不清楚。改天，我會把整個故事都告訴你，讓你明白我有沒有理由哀悼這個可憐的女孩。「現在，」他最後一次擦了擦他的眼睛，對著鏡子看了一看，才又說下去：「希望你別認爲我太沒出息，允許我再來看望你。」

這個年輕人看了我一眼，此時他顯得溫文儒雅，我幾乎要擁抱起他來。他呢，淚水又開始奪眶而出了。他看到我發覺他在流淚，就轉過頭去。

「好吧，」我對他說：「堅強點。」

「再見！」他對我說。

他拚命忍住淚水，與其說是快步走出我的房間，不如說是一口氣衝了出去。

我撩起窗帘，看著他走進等在門口的雙輪輕便馬車，但他剛上車坐下，眼淚就又不聽使喚地淌下來，他拿出了手帕將臉捂住了。

第五章

很長一段時間過去了，我再也沒有聽人提起過阿芒，但是相反的，瑪格麗特卻成了人們經常談論的話題。

我不知道您是否注意過這種情況，一個與你素昧平生的人，或者至少與你毫不相干的人，一旦有人在你面前提到他的名字，每每很快便能風聞到圍繞在這個名字周圍的許多瑣事，你會聽到所有你的朋友都對你談起某一件他們以前從未對你談起過的事。你會發現這個人在你的生活裡出現過許多次，幾乎和你擦肩而過，只不過你沒注意到罷了。你在別人告訴你一些事情中會看到一種巧合，一種和你的生活中的某些經歷相一致之處。

對於瑪格麗特，我倒不是絕對地堅持這種看法，因為我見過她，遇到過她，因為我從相貌上和名聲上都知道她這個人。然而，從那次拍賣以後，她的名字卻經常不斷地傳送進我的耳朵，加之由於我在上一章講的那些情況，這個名字牽連著如此纏綿悱惻的感情，這就令我越來越好奇，越來越想打聽她的事了。結果是，過去我從不曾跟一些朋友提到瑪格麗特的名字，現在我一碰見他們便劈頭就問：

「你認識一個叫瑪格麗特．戈蒂耶的人嗎？」

「是那個茶花女嗎？」

「正是她。」

「熟得很哪！」

「熟得很哪！」這幾個字，有時是伴隨著一種意味深長的微笑說出來的。

「那麼，這個女孩是怎樣一個人呢？」

「一個好女孩。」

「只是這樣嗎？」

「是呀，比別的女孩聰明，也許心腸更善良些。」

「你知道她的什麼別的情況嗎？」

「她曾弄得G男爵傾家蕩產。」

「就這樣嗎？」

「她曾經是某老公爵的情婦……」

「她真是他的情婦嗎？」

「大家都這麼說的。不管如何，他給了她很多錢。」

聽到的總是這類大同小異的說法。然而，我卻渴望知道一些關於瑪格麗特和阿芒之間交往的情形。有一天，我遇到一個和那些風月場合的名媛來往甚密的人。我問他：「你認識瑪格麗特．戈蒂耶嗎？」

回答我的還是那句：「熟得很哪！」

「她是怎樣的一個女孩？」

「一個美麗、善良的女孩。她不幸紅顏薄命，這令我非常難過。」

「她不是有個名叫阿芒．杜瓦的情人嗎？」

「一個金黃頭髮的高個兒？」

「對。」

「是有這麼一個人。」

「這個阿芒是個什麼樣的人？」

「是個小伙子，我相信爲了她，他把所有的一點錢都花光了，然後不得不分手。據說，他因此都快發瘋了。」

「那麼瑪格麗特呢？」

「大家都說她也非常愛他，但也總是像她那種姑娘的愛法，對她們這種姑娘，是不應當太苛求的。」

「阿芒後來怎麼樣啦？」

「我不知道，我們不熟。他跟瑪格麗特在鄉下住了五、六個月。不過那是在鄉下時，她回到巴黎後，他也就離開了。」

「你後來就再沒見過他了嗎？」

「沒有。」

我呢，我也沒有再見過阿芒。我始終在尋思，是不是他上次來我家的時候，瑪格麗特剛剛去世不久，的確會令他格外觸景生情，痛不欲生。我想，現在他也許已經忘了死者，同時把再來看我的許諾也早就置之腦後了。對多數人來說，這猜測是很可能成立的；可是阿芒的悲痛欲絕之情那麼眞切，想也應不至於這樣薄情。於是，我從一個極端，一下又跳到另一個極端，我想到阿芒一定是憂傷成疾，我再沒見到他是因爲他病倒了，說不定已不在人世了。

我不由自主地關懷起這個年輕人來。也許這種關懷裡夾雜著一些私心；也許我已經猜測到，在這種悲痛之下，會隱藏著一個令人心碎的愛情故事；也許由於我極想了解這個故事之故，才會對阿芒的銷聲匿跡惶恐不安起來。

既然杜瓦先生不再來看我，我就決定上他家去。要去看他找個藉口並不難，不幸的是我不知道他的住址，我問了好些人，都沒人能告訴我。

我上昂坦街去，心想瑪格麗特的那個看門人也許知道阿芒住在哪裡。門房換了個生人，他和我一樣也不清楚。然後我向他打聽到了安葬戈蒂耶小姐的墓地。那是蒙馬特爾公墓。

時值四月，正是風和日麗的好天氣。一個個墳墓不再像冬天那樣呈現出一種淒慘荒涼的景象。總之，天氣暖和得叫活著的人會想到死者，並想到去探望他們一下，我到公墓去了，心想：「只要看一看瑪格麗特的墓，就可以知道阿芒是否還是那樣悲傷，也許就能弄清他的近況了。」

我走進看守人的小屋，問他二月二十二日那天，有沒有一個叫瑪格麗特．戈蒂耶的女人葬在蒙馬特爾公墓裡？那人翻閱一本厚厚的簿子，裡面記著所有來到這塊最後安息地的人的姓名和編號，然後回答我說，二月二十二日中午，確實有一個叫瑪格麗特的女人在這兒下葬。

我請他帶我到那座墓去，因為在這個死者街道縱橫的城市裡，沒有一個嚮導，是無法辨清方向的。看守人叫來一個園丁，對他做了些必要的指點，園丁卻打斷他的話說：「我知道，我知道……」接著他對我轉過身來，說：「啊！我知道，我知道，那座墓好認得很。」

「為什麼？」我問他。

「因為它上面的花很特別。」

「是你在看管這座墓？」

「是的，是一位年輕人特別吩咐我看管的。先生，但願所有的親屬都能像他那樣關心死者那就好了。」

拐了幾個彎以後，園丁站住了，對我說：「我們到了。」

眼前果然是一小塊方形花叢，如果不是有一塊刻了名字的白色大理石墓碑的話，誰也不會把它當作是一座墳墓的。這塊大理石墓碑是直立的，一圈鐵柵欄標出了這塊買下的墳地的範圍，墳地上蓋滿了白色茶花。

「你覺得怎麼樣？」園丁問我。

「太美了。」

「每當一朵茶花謝了，我就遵照吩咐換上新鮮的。」

「誰吩咐你這樣做的？」

「一位年輕人，他第一次來的時候哭得可眞傷心。我猜他一定是死者的一個老相好，因爲大家都說她是個不大規矩的女孩。我想她也許長得很漂亮。先生認識她嗎？」

「認識。」

「跟那位先生一個樣？」園丁帶著似乎了解內情的微笑說。

「不一樣，我從未跟她講過話。」

「可是卻到這兒來看她！你眞好，因爲到公墓來看這個可憐女孩的人，倒還算不上達到會給我添麻煩的程度。」

「沒人來過嗎？」

「是沒有，除了那位年輕人來過一次以外。」

「只來過一次？」

「是的，先生。」

「以後他就再沒有來過？」

「沒有，可是他回來以後會再來的。」

「他出門了嗎？」

「是呀！」

「你知道他上哪兒去了？」

「我想，他是上戈蒂耶小姐的姐姐那兒去了。」

「去做什麼？」

「去徵得這位姐姐的許可，同意把屍體掘出來並換個地方再安葬。」

「爲什麼他不讓她葬在這兒？」

「你知道，先生，人們對於死了的親人總有些怪想法。我們嘛，每天都看得到這種事。這塊墓地買下來的期限只有五年，而那位年輕人希望爲這位姑娘買塊永久性的墓地，還要寬敞一點；這要在新墳區才好辦。」

「你說的新墳區是指什麼？」

「是指左邊那些目前正在出售的新墓地。如果公墓一直是照現在這樣管理的話，那它倒成了全世界無與倫比的了。但要達到十全十美的境界就還差得遠，還有好多事要做呢。不過人們也太稀奇古怪了！」

「你這是什麼意思？」

「我的意思是說，有些人到了這裡還擺出一副神氣活現的架子。比方說，這位戈蒂耶小姐看來生活有點兒放蕩，請原諒我用了這個字眼。現在，這可憐的小姐去世了，她和那些無可指責的死人都一樣化爲烏有，再沒有什麼好指責的了，所以我們一視同仁地給她們墓地上的花澆水。可是，當葬在她旁邊的那些人的親屬得知她是什麼人的時候，你猜他們說什麼啦？說他們反對她葬在這兒，又說這種女人應該像窮人一樣另外葬一個地方。你聽說過這樣的事嗎？我狠狠地回敬了他們。那些闊人一年才來看他們死去的親人四次都不到，還隨身帶花來，瞧瞧那是什麼樣的花啊！他們裝著哀悼死去的人，卻不肯修整一下墳墓，他們在死者墓碑上寫上了悲痛欲絕的字眼，卻從未流過一滴眼淚，而且還要找死者鄰居的麻煩。信不信由你，先生，我並不認識這位年輕的小姐，不知道她生前幹了些什麼事，可是我喜歡她，喜歡這個可憐的女孩，我照料她，給她價錢最公道的茶花。她是我最偏愛的死者。先生，你知道，我們這種人是不得不喜愛死者的，因爲我們整天忙忙碌碌，幾乎沒有時間愛別的什麼東西了。」

我望著這個人，用不著我說明，讀者也會知道，我聽他說這番話時內心是何等的激動。他也一定覺察到了，因爲他接著說：

「據說有些人曾爲這個女孩傾家蕩產，還說她有些十分迷戀她的情人；那麼，先生，我一想到他們中間現在竟然連買一朵花給她的人也沒有了，不免叫人想不通，也委實令人傷心落淚。話又說回來，她用不著抱怨什麼，因爲她總算有了她自己的墳墓，只要有一個人還惦記著她，這個人就抵得上其他的人而綽綽有餘了。但是我們這兒尚有一些別的可憐姑娘，跟她一樣的年齡、身世，卻被扔在義塚（公墓）裡，每當我聽到她們可憐的屍體丟進地裡的聲音時，心都碎了。她們一旦死了，就沒有人會再想到她們！幹我們這一行並不輕鬆、快活，尤其是如果我們還有一點兒良心的話。你要我怎麼辦呢？我也是出於無奈啊！我自己有個二十來歲、長得好看的女孩，每當人家送來一具跟她一樣年齡的屍體，我就想到了她。不管送來的是一位高貴的小姐，還是一個流落街頭的女人，我都忍不住會情緒激動。先生，我這些囉囉嗦嗦的話不過是在浪費你的時間，你又不是上這兒來聽我囉嗦的。他們叫我把你帶到戈蒂耶小姐的墓地上來，這裡就是了，我還能替你做點什麼別的事嗎？」

「你知道阿芒．杜瓦先生的地址嗎？」我問這個園丁。

「知道，他住在……街，你看見這些花了吧，至少買花的錢我都是上那兒去拿的。」

「謝謝你，我的朋友。」

我對這座蓋滿鮮花的墳墓看了最後一眼，真有點想透過土層，看看這堆黃土把扔在這裡面的人兒變成個什麼樣子。然後我才悲傷地離去了。

「先生，你想去看杜瓦先生嗎？」走在我身旁的園丁問道。

「是的。」

「我確定他還沒有回來，否則他早就上這兒來了。」

「你確定他沒有忘記瑪格麗特？」

「我認爲他不但沒有忘了她，而且他之所以打算遷墓，只不過是想再看她一次。」

「你爲何如此認爲呢？」

「因爲他一走進公墓時，對我說的第一句話就是：『我如何能再見到她呢？』那只有遷墓才辦得到。我把遷墓的手續都告訴了他。因爲你知道，爲了給死者遷葬，必須驗明死者的身份，並且只有在警長的主持下，徵得家屬同意才能進行。杜瓦先生去看戈蒂耶小姐的姐姐，正是爲了徵得她的同意，她一回來必定首先就會上我這兒來的。」

我們已經走到公墓的大門口。我塞給園丁幾個零錢，一再向他表示感謝。緊接著我就到他告訴我的那個住址去了。

阿芒還沒有回來。我留了話給他，請他一回來就來看我，或者叫人通知我在哪兒能找到他。

第二天一早，我就收到杜瓦先生的信，他告訴我他已經回來了，請我去看他，並且說他由於勞累過度出不了門。

第六章

我見到阿芒時，他正躺在床上。他看到了我，連忙向我伸出滾燙的手來。

「你在發燒啊！」我對他說。

「算不了什麼，不過是旅途上趕得太急，事後感到勞累罷了。」

「你去看過瑪格麗特的姐姐？」

「是的，誰告訴你的？」

「是我聽說的，你想要的東西拿到了沒有？」

「拿到了，不過是誰把我這次旅行和此行的目的告訴你的？」

「墓地的園丁。」

「你去看過那座墳？」

我幾乎不敢回答，因爲他說這句話時的聲調，就像我先前見他時的激動情緒所折磨著，每當他自己的思想或話語，把他引到這個傷心話題的時候，他那激動的心情總是久久無法平息。因此我只好點點頭作爲回答。

「他把墳墓照顧得很好吧？」阿芒繼續問。

兩顆豆大的淚珠自面頰滾落下來，他轉過頭想不讓我看見，我也裝作沒有看見的樣子，同時竭力地想改變話題。

「你離家有三星期了吧？」我對他說。

阿芒用手擦了擦眼睛，回答我說：「正好三個星期。」

「你的旅程眞長哪！」

「啊！我並沒有一直都在旅途上，我病了兩個星期，否則早就該回來了。但是我剛到那兒就發起燒來，只好待在房間裡。」

「你病還沒全好就又動身回來啦？」

「如果要我在那個地方再待上一個星期，說不定我就會死在那裡了。」

「不過現在你可回來了，就應該好好保重身體，你的朋友會來探望你的，如果你不嫌棄的話，我就算是頭一個吧！」

「我再兩個小時，就得起床了。」

「不用勉強啊了！」

「不起來不行。」

「你有什麼非辦不可的急事嗎？」

「我得上警長那兒去一趟。」

「你何不委託朋友幫忙辦一辦?你親自去會加重病情的。」

「這是唯一能治癒我的病的一次好機會。我必須見到她。自從我得知她的死訊,尤其是看過她的墳墓以後,就再也睡不著了。我想不通這個我離開時還是那麼年輕貌美的女孩,竟然已經離開了人世。我一定要親自去證實她確是不在人世了。我一定要看看天主把我那心愛的人變成什麼樣子,也許那令人恐懼的景象,會打消我悲痛欲絕的思念之情。如果你不嫌麻煩的話,請陪我一起去好嗎?」

「那她姐姐怎麼說呢?」

「什麼也沒說。她聽說有個陌生人想買一塊地給瑪格麗特建一座墓,顯得十分驚訝,但她也立即在我向她提出的委託書上簽了字。」

「請相信我的勸告,等你身體完全康復後,再去辦這件遷葬的事吧。」

「啊!請你放心,我的情緒會平靜下來的。況且,如果我不盡快做好這件下決心要做的事,我可能會發瘋的。我對你發誓,除非見到瑪格麗特,否則我無法平靜下來。這也許是我心急如焚的渴求,失眠中的夢幻和一時狂囈的結果吧!就算我見到她以後,會像朗賽先生(本來是一個浪蕩子,後來在情婦死後,篤信宗教,成爲一個苦修士)那樣落得個遁入空門的結果,我也非看不可。」

「這我完全理解，」我對阿芒說：「我聽憑你的吩咐。你有沒有見過朱麗·迪普拉？」

「見過。啊，回來的當天就見了第一面。」

「她有沒有把瑪格麗特留給你的日記交給你？」

阿芒從枕頭底下抽出一卷紙，但立刻又放回原處

「這些日記裡寫的，我全都能背下來了，」他對我說。「三個星期以來，我每天都念上十來遍。以後你也可以讀一讀，但要過些時候，等到我的心境稍微平靜下來，等到我能夠把在這份內心表白中沒有明說的傾慕之情，給你作些解釋時再讀吧。現在，我請你幫我辦件事。」

「什麼事？」

「你的馬車是不是停在下面？」

「是呀！」

「那好，能不能勞你帶著我的護照到郵局去一趟，看看有沒有我待領的信？我父親和妹妹一定把信都寄到巴黎來了。我上次動身倉促，臨行前也來不及先去問一聲。等你辦完此事回來，我們再一起去見警長，安排明天的遷葬儀式。」

阿芒把他的護照交給我，我就往尚·雅克·盧梭路去了。果然，那兒有兩封寄給杜瓦先生的信，我拿了信就又轉回來了。當我回到家裡時，阿芒已經穿戴整齊，準備好要出門了。

「謝謝你，」他接過信對我說。「是的，」他看了地址以後又說：「是的，這是我父親和妹

妹的來信。他們對我音訊全無的情況，一定十分不解。」

他拆開信，說他是看信，還不如說是猜測信裡寫些什麼。因爲每封信都有四頁之多，而他片刻工夫就又把它們折好了。「我們走吧，」他對我說：「明天我再寫回信。」

我們到了警察分局，阿芒把瑪格麗特姐姐簽了字的委託書呈上去。警長換給他一封通知公墓看守人的介紹信。於是便定好次日上午十點鐘遷葬，我提前一個小時去找阿芒，然後我們一同去墓地。

說實在話，參與這種場面對我也是十分新鮮稀奇的，我整夜都沒睡著。從糾纏我的這些念頭來推斷，阿芒那邊也定然是長夜漫漫了。第二天早上九點鐘我到了他家，他臉色蒼白得可怕，不過神情還算鎮靜。他對我微微一笑，伸過手來。幾支蠟燭已經燒完。出門之前，阿芒拿起一封寫給他父親的信，信很厚，無疑是傾訴了他徹夜的感受。

半小時以後，我們到了蒙馬特爾公墓。警長已經在等我們了。我們慢慢地向瑪格麗特的墳墓走去。警長走在前面，阿芒和我跟在後面，相隔好幾步遠。

我不時地覺察到我同伴的胳膊在抽搐著，彷彿一股寒流傳遍他的全身。於是我朝他看看，他會意地對我微微一笑，但是從他家裡出來以後，我們沒有交談過一句話。

快到墓地時，阿芒停下來，揩了揩他臉上豆大的汗珠。我利用這歇腳的機會舒了一大口氣，因爲我也感到好像心頭給一塊大石頭壓著似的。

面對眼前悲傷的場面，哪裡還有快樂的心情。當我們來到墓前的時候，園丁已經把花盆都搬開了，鐵柵欄也拆走了，有兩個人正在掘土。

阿芒靠在一棵樹上，凝視著。突然，有一把鶴嘴鋤碰到一塊石頭，發出一聲刺耳的聲響。阿芒聽見這聲響，就像受到電擊似的，向後退縮，同時使勁地抓住我的手，把我的手都抓痛了。一個掘墓人拿起一把大鐵鏟，開始鏟除墓穴裡的泥土，當只剩下蓋住棺材的石塊時，便一塊一塊地把它們往外扔。

我觀察著阿芒，因爲我時刻都擔心他明明在抑制著的感情會叫他受不了。可是他仍舊凝視著，兩眼發直，瞪得大大的，好像瘋了一般。他的面頰和嘴唇微微地顫動，證明他正承受著強烈的精神上的刺激。

至於我呢，我所能說的就是——我很後悔上這兒來。

棺材全部露出來以後，警長對掘墓人說：「打開。」

掘墓人照著做，好像這是世界上最普普通通的事一樣。

棺材是橡木做的。他們動手擰鬆棺蓋上面的螺絲釘。泥土的濕氣使螺絲釘都生了誘，花了一番工夫棺蓋才打開來。儘管棺材上撒滿了芳香的花草，一陣臭味仍撲鼻而來。

「主啊！主啊！」阿芒喃喃地說，他的臉色更加蒼白。連掘墓人也向後倒退。

一塊很大的白色裹屍布包住屍體，人體的輪廓還依稀可見。裹屍布的一角幾乎完全爛掉了，死者的一隻腳露在外面。

我差點兒就暈了過去。在我寫這幾行字時，當時的場面猶歷歷在目。

「快點！」警長說。於是那兩個人中的一個伸出手，開始鬆開裹屍布，然後他抓住一端用力一掀，猛然間讓瑪格麗特的臉孔露了出來。

那模樣看上去眞是嚇人，提起來也叫人毛骨悚然。雙眼成了兩個窟窿，嘴唇爛掉了，一排白牙緊緊地併在一起。烏黑、乾枯了的長髮貼在太陽穴上，把塌陷下去的青灰色面頰蓋住了一點兒，但是我在這張臉上尙認得出我以前經常看到的那張白裡透紅的愉悅臉孔。

阿芒無法把目光從這張臉上移開，他把手帕放在嘴裡咬著。

至於我，彷彿有個鐵環緊緊箍在我的頭上，眼前一片模糊，耳朵裡嗡嗡作響。我唯一能做的就是打開碰巧帶在身邊的嗅鹽瓶，拚命地嗅著。

我在這樣的頭暈目眩之中，聽到警長對杜瓦說：「你認出來了嗎？」

「認出來了。」年輕人用頹喪的聲音答道。

「那就蓋起來抬走吧。」警長說。

掘墓人把裹屍布重又蓋在死者的臉上，蓋上棺蓋，一人抬一頭，向指定的地點抬去。

阿芒一動也沒動，眼睛死死地釘住這個空蕩蕩的墓穴。他的臉色像我們剛才見到的死屍一樣蒼白，儼然成了一具石人。

我知道一旦那個場面引起的痛苦緩和下來，不能再支持他時，將會出現什麼狀況。我走到警長跟前，指著阿芒問他：「這位先生還有沒有必要在場？」

「不必了，」他對我說。「我甚至要建議你把他送走，因爲他好像是病了。」

「走吧。」我挽起阿芒的胳膊，對他說。

「你說什麼？」他望著我說，好像不認識我一樣。

「事情辦完了，」我又補充說：

「你應該走了，我的朋友，你臉發白，身體發冷，你這麼激動會把身體搞垮的。」

「你說得對，我們走吧。」他無意識地回答道，可是一步也沒有挪動。

我只好抓住他的胳膊把他拖著走。他像小孩一樣任人領著，只是不時喃喃地問道：「你看到那雙眼睛了嗎？」說著，他掉過頭去，好像有一種幻覺在喚起他對她的回憶。

儘管如此，他步履蹣跚，跌跌撞撞地往前挪動著。他牙齒格格作響，雙手冰涼，渾身都在劇烈地顫抖。我對他說話，他也不回答。他所能做的，便是讓人領著走。在門口我們找到一輛馬車。這眞是太湊巧了。他一坐上車子，就顫抖得更加厲害，精神上受到了眞正的打擊。他擔心我會受到驚嚇，就握緊我的手，低聲說：

「沒什麼，沒什麼，我只是想哭罷了。」

他喘著粗氣，眼睛充血，卻沒有眼淚。我讓他嗅我的嗅鹽瓶。

當我們回到他家的時候，他還在顫抖。

在僕人的幫助下，我扶他躺到床上。我把他房裡的火爐生得旺旺的，又連忙跑去找我的醫生，把剛才發生的事一五一十地告訴他。之後他跟著我趕來了。

阿芒滿臉通紅，神志昏迷，語無倫次，只聽得出他在呼喚瑪格麗特的名字。

「怎麼樣？」待醫生檢查過後，我才問道。

「還好，算他幸運，他害的是腦膜炎，不是別的病。（天主饒恕我！）我本以爲他瘋了呢。幸好他肉體上的病將會消除精神上的病，過上個把月，也許這兩種病都會痊癒的。」

第七章

有些疾病倒也不壞，要不是一下子會叫人送命，便是會很快就能夠治好。阿芒害的就是這種病。在發生上述那些事情兩個星期以後，阿芒已完全康復。此時我們也結下了親密的友誼。在他臥病期間，我幾乎沒有離開過他的房間一步。

春天，百花盛開，樹木蔥鬱，鳥兒起舞，處處蕩漾著牠們婉轉的歌聲。我朋友的房間的窗子正面向花園，迎來了花園裡一陣陣有益於身心的清新氣息。醫生已經同意他起床。從中午到下午兩點，正當太陽最暖和的時候，我們經常坐在打開的窗子前促膝談心。我小心翼翼地避免扯到瑪格麗特，生怕這個名字會勾起那掩飾在他表面平靜底下悲哀的回憶。可是阿芒正好相反，彷彿偏偏樂於談到她，而且不再像以前那樣淚眼汪汪的，卻是帶著一種甜蜜的微笑，這才讓我對他目前的精神狀態稍釋心懷。

我注意到，自從他最後一次去過墓地以後，自從那一個場面給他帶來這種險些送命的病以後，精神上的痛苦，似乎已經被疾病消除了；瑪格麗特的去世，也不再像過去那樣令他悲痛欲絕了。確信逝者已矣，倒使他感到釋然。爲了驅除經常在他面前顯現的悲傷景象，他就一味地只追憶跟瑪格麗特交往的幸福時刻，似乎下了決心，除此之外別的一概不去想了。

熱病的摧殘，甚至熱病的醫治過程，都使阿芒的身體變得十分虛弱，因而精神上再也禁不起強烈的激動。同時，四周的一片春意盎然，也使他的思維本能地去回憶一些歡樂的情景。他老是固執地不把他病危情況告訴家人，所以他脫離險境後，他父親還一直被蒙在鼓裡。

一天傍晚，我們在窗前坐得比往常稍晚一點。天氣好極了，太陽在閃耀著天藍色和金黃色的暮靄裡沉沉入睡。雖說我們身在巴黎，但四周的一片翠綠卻彷彿讓人感到似乎遠離了塵囂，只有偶爾駛過的馬車的轔轔聲干擾了我們的談話。

「正好差不多就在類似這樣的季節，在像現在這樣的一個傍晚，我第一次眞正認識了瑪格麗特。」阿芒對我說，他似乎已沉醉在自己的回憶裡，而不是在聽別人說話，所以我沒有吭聲。然後他向我轉過身來，又說下去：「我必須把這些故事一古腦兒都講給你聽，你可以把它寫成一部書，雖未必有人會相信，但是寫這樣一部書也許是件有趣的事。」

「你過些時候再講吧，朋友。」我對他說。「你的健康情況還不是很好呢！」

「今晚很暖和，我剛吃過一份炒雞丁，」他微笑著對我說：「我已經退燒了，我們又沒什麼事要做，我現在就把所有的事情統統告訴你吧！」

「既然你一定要說，那我就聽著。」

以下便是他對我講的故事，這個故事很動人，我幾乎沒更改一個字。

是啊！（阿芒又接著說，把頭靠在椅背上）是啊！就是在這樣的一個傍晚，我和我的一個朋友加斯東在鄉下玩了一整天，傍晚我們回到巴黎，由於無所事事，就到瓦麗愛丹劇院看戲。幕間休息時，我們走了出來，在走廊上看到一個高挑身材的女人走過去，我的朋友向她施了個禮。

「你向她施禮的是誰呀？」我問他。

「瑪格麗特．戈蒂耶。」他說。

「她的模樣好像變很多耶，我都認不出來了。」我激動地說。

我爲什麼激動，你等一下就會明白了。

「她生過一場病，這個可憐的姑娘，恐怕會不久於人世了。」

這句話我至今仍記憶猶新，宛如昨天才聽到一樣。

朋友，我必須告訴你，兩年來每當我遇到這個姑娘的時候，她都會令我產生一種奇特的感受。我也弄不清楚是何緣故，我的臉色會變得泛白，我的心會怦怦地直跳。我有個朋友是研究秘術的，他說我感受到的是「流體的親和力」！我呢，只知道我注定要愛上瑪格麗特了，我預感到了這一點。

她總是令我產生深刻的感受，我的好些朋友目睹了這個情況，當他們了解到使我產生這種感受的竟是個什麼樣的人時，就總是哈哈大笑，這倒是個確鑿的事實。

我頭一次見到她是在交易所廣場蘇斯商店（著名時裝店）門口。一輛敞篷的四輪馬車停在那裡，一個穿白衣服的女人從車上走了下來。她走進商店，接著就引起了一陣竊竊的讚嘆聲。至於我呢，從她進去到她出來，都一直待在同個地方動也沒動。我透過櫥窗玻璃，看著她在商店裡挑選她想買的東西。我本來也可以進去的，但就是不敢。我不知道這個女人是誰，卻怕她會猜到我走進商店的意圖，怕她因此受到冒犯而生氣。不過，那時候我倒沒料到以後還會再見到她。

她的衣著很雅致：穿了一條鑲滿花邊的細紗長裙，披了一塊四角鑲有金線和綢花的印度披肩，戴了一頂草帽，手上只帶著一隻手鐲，胸口還繫著一條正時興的粗項鍊。

她又重新坐上馬車走了。商店裡的一個小伙計站在門口，目送著那個漂亮的女顧客的馬車離去。我走到他跟前，向他探聽這個女人的名字。

「瑪格麗特．戈蒂耶小姐。」他回答說。我不敢打聽她的住址，於是就走開了。

我以前也有過很多幻想的偶像，過後便忘得一乾二淨。但這個偶像的風采，卻一直留在我的腦海裡，從此我便四處尋找這個美麗非凡的白衣女子了。

幾天以後，喜劇歌劇院有一場盛大的演出，我去看了。在包廂裡我看到的第一個人就是瑪格麗特．戈蒂耶。

和我同去的一個年輕人也一下就認出她來，因爲他對我講著她的名字，說道：

「瞧那個漂亮的小姐。」

就在這時候，瑪格麗特用望眼鏡朝我們這裡望，看到了我的朋友，就對他微笑，做了個手勢叫他過去。

「我去向她問聲好。」他對我說。「一會兒就回來。」

我情不自禁地說道：「你眞幸運哪！」

「爲什麼？」

「可以去見那位女子啊！」

「你是不是愛上她了？」

「沒有的事。」我說道，臉一下紅了起來，因爲我不知道該說什麼才好。

「不過，我很想認識她。」

「那你跟我來，我幫你介紹。」

「你應該先去徵得她的同意。」

「啊！老天爺，跟她有什麼好拘謹的，來吧！」

他這話叫我心裡難受。我害怕會發現瑪格麗特眞的配不上我對她的感情。

阿爾封斯·卡爾在一本叫做《煙霧》的小說裡，寫一個男人一天晚上緊跟在一個漂亮女人身後，因爲她是那麼美，他可說是一見鍾情。爲了吻一吻這個女人的手，他感到自己有一股什麼都能做的力量，有一個什麼都能征服的意志，有一種什麼都能辦得到的勇氣。這個女人怕裙子碰到泥濘的地面，撩了一下，露出了迷人的小腿，他卻幾乎不敢對著看一眼。正當他幻想著一定要設法佔有這個女人的時候，她在街道拐角處站住了，問他願不願意上她家去。他掉頭就走，穿過街道，悶悶不樂地回到自己家裡。

我想到了這篇作品，我本來渴望爲這個女人受苦，我害怕她太快地接受我，太迅速地把愛情給了我，而我卻寧願用長時間的等待或巨大的犧牲來換取她的愛情。我們這些男人都是這種脾氣，而能這樣地讓感情帶上想像的詩意，讓心靈的夢想超過肉欲，也是非常值得慶幸的事。如果有人對我說，你今天晚上可以得到這個女人，但你明天將被處死，那我也心甘情願。如果有人對我說，你付十個路易（法國以前的金幣，一路易等於二十法郎）即可成爲她的情人，那我就會拒絕，而且會像一覺醒來看到夢裡的城堡已消失的孩子一樣哭個不停。

不管怎樣，我都願意先認識她，這是要弄清她是怎樣一個人的唯一方法。於是，我對我的朋友說，我堅持一定要徵得她同意後才好把我帶到她跟前去。我的朋友走後，我便在走廊裡踱來踱去，心想她馬上就要見到我了，而我尚不知該採取什麼態度才好。我竭盡全力把該說的話都事先串連好。（愛情是多麼幼稚可笑啊！）

一會兒以後，我的朋友回來了，他告訴我：「她在等我們。」

「只有她一個人嗎？」我問。

「還有一個女人。」

「沒有男人嗎？

「沒有。」

「那我們走吧。」

我的朋友向劇院門口走去。

「喂，不是從那兒走的。」我對他說。

「我們去買點蜜餞，她要我買的。」

我們走進歌劇院過道當中的一家糖果店。我眞想把整個糖果店都買下來。我正在看看買些什麼東西好時，我朋友開口要一磅糖漬葡萄乾。

「你知道她喜歡吃這種東西嗎？」

「大家都知道，她從來不吃別的蜜餞。」

「啊！」離開糖果店之後，他繼續說下去：「你知道我要給你介紹的是一個什麼樣的女人嗎?你不要把她想像成一位公爵夫人，她只不過是個妓女，一個貨眞價實的妓女罷了。我親愛的朋友，你不必太拘謹，你想說什麼就說什麼好啦。」

「好，好。」我結結巴巴地說，我跟在他後面，心想就要醫好自己的多情了。

當我走進包廂的時候，瑪格麗特正在大笑不止。而我寧願看到她是愁眉不展的樣子。我的朋友替我作介紹，瑪格麗特對我略微點了點頭，說道：「我的蜜餞呢？」

「在這兒。」

她拿蜜餞時望了我一眼，我垂下了眼簾，臉紅了起來。

她對她鄰座那個女人側過身去耳語了幾句，接著兩人哄然大笑。顯然，是我引起了她們哄笑的原因，這下子我更加尷尬不堪了。那時候，我有個情婦，她是個溫柔多情、小家碧玉的女人，她的自作多情和傷感的書信每每惹我發笑。此刻從我自己的感受來想，我總算懂得我從前給她的難堪；因而在這五分鐘的時間裡，我愛她勝過所有的女人。

瑪格麗特吃著她的糖漬葡萄乾，一點也不再留意我。

我的介紹人在一旁也過意不去，想讓我盡快擺脫這種可笑的窘境。

「瑪格麗特，」他說：「如果杜瓦先生沒有跟你說話，你不必為此大驚小怪，你弄得他這樣不知所措，他自然一句話也說不出來了。」

「我倒認為你一個人上這兒來會感到無聊，所以才要這位先生作陪的。」

「果真如此的話，」我也開口了：「我就不會事先拜託歐內斯特來求得你的同意，再幫我作介紹了。」

「這也不過是你們為了打發這個無聊的時刻罷了。」

只要跟像瑪格麗特這類女人稍有一點交往，就都知道她們喜歡故意賣弄小聰明和捉弄她們第一次見到的人。這無疑是她們對每天和她們廝混的人那裡受到的侮辱的一種報復。

為了對付她，要有她們那種乖巧的本領，我卻沒有獲得那種本領的機會，而且我對瑪格麗特原先的想法使我覺得她這個玩笑太過分了。儘管如此，這個女人的一舉一動又令我不能無動於衷。因此我站了起來，用一種無法掩飾的、氣得變了樣的鄭重語氣對她說：

「如果你認爲我是這種人的話，夫人，那我只好請你原諒我的鹵莽，我不得不向你告辭，並向你保證以後再不會做這種蠢事了。」

說罷，我行了個禮，就走了出來。我剛關上門，就又聽到第三次的哄堂大笑。

我回到我的座位上。這時候準備拉幕的信號燈亮了。歐內斯特也回到了我的身旁。

「你怎麼能這樣子！」他一面坐下來一面對我說：「她們都以爲你發瘋啦！」

「我離開以後，瑪格麗特說了些什麼？」

「她又笑話你，說她從未見過像你這麼好玩的人。但是你不要認爲事情是無可挽回的了。只是你對這些姑娘犯不著做出必恭必敬的樣子，她們不知道什麼是客氣和禮貌。就像往狗身上灑香水一樣，牠們反倒覺得氣味難聞，而跑到溝裡去打滾、洗掉。」

「這又與我有何相干？」我竭力裝出冷淡的模樣說道：「我再也不要再見到這個女人了。如果說在我沒有認識她以前，她令我有好感的話，現在我認識了她，也就全然改觀啦！」

「算了吧！我相信有朝一日會看到你坐在她的包廂裡面，會聽說你爲她而傾家蕩產呢！不過，你說她缺乏教養，這也有道理，可是，她也的確是個值得弄到手的迷人情婦哪！」

幸好幕拉起來了，我的朋友不再出聲。我不可能告訴你演的是什麼戲。我現在記得起來的，便是我不時地抬起眼睛向那個我剛才突然離開的包廂望去，見到的是一些接二連三出現的來訪者陌生的面孔。

可是，要我不去想瑪格麗特，談何容易。另外一種感情又控制了我。我覺得必須把她對我的侮辱和我自己可笑的樣子全都置之腦後；我心想只要我肯把我所有的錢財都花在這上面，就能把這個女人弄到手，堂堂正正地占據我放棄得那樣快的位置。

戲還沒有演完，瑪格麗特和她的朋友就離開了。我身不由己地也站了起來。

「你要走了？」歐內斯特對我說。

「對。」

「爲什麼？」

這時候歐內斯特才看到那個包廂已經空了。

「去吧，去吧！」他說：「去碰碰運氣，或者說去碰碰好運氣。」

我走了出去。

我聽到樓梯上有長袍的窸窣聲和說話聲。我閃到一旁，不讓別人看見，我倒可看到兩個女人從身旁走了過去，由兩個年輕人陪著。在劇院入口處，一個小廝迎了上來。

「叫馬車夫在英吉利咖啡館門口等候。」瑪格麗特說。「我們步行上那兒去。」

幾分鐘後，我在林蔭大道徘徊時，透過咖啡館的一個大房間的玻璃窗，望見了瑪格麗特倚在窗台上，正一片一片地摘下她那束茶花的花瓣。兩個男人中的一個向她的肩膀俯下身去，低聲地對她說著什麼。

我走進附近的金屋咖啡館，在二樓的一間大房間裡找了個座位，目不轉睛地盯住那扇我關心的窗子。凌晨一點鐘的時候，瑪格麗特和她的三個朋友才坐上馬車走了。我租了一輛雙輪輕便馬車緊跟在後。她的馬車在昂坦街九號門前停了下來。瑪格麗特走下馬車，獨自一人走了進去。這無疑是一種巧合，但是這種巧合叫我萬分高興。

自那以後，我經常在劇院裡，在香榭麗舍大街上遇到瑪格麗特，她始終是那樣快活，我則始終是那樣爲她感到激動。

後來，一連兩個星期過去了，我卻再也見不著她。我遇到了加斯東，就向他打聽她的消息。

「那個可憐的女孩病得可厲害呢。」他回答我。

「她生的什麼病？」

「肺病，她過的那種生活是根本治不好這種病的。她現在已臥床不起，正在等死呢！」

人心眞是奇妙難測，我聽到她生病反倒感到十分高興。

我每天都去探問她的病情，不過沒有講出自己的名字，也沒留下名片。所以，我曾聽說過她後來漸漸好了一點，並動身到巴涅爾去了。

時光流逝，且不說對瑪格麗特的懷念，就連她令我難堪的那次印象，也都漸漸從我的腦海裡消失了。我出門旅行，新的風流韻事，不同的生活習俗，各種工作，都讓我沒有時間想到別的。所以當我回憶起那一次遭遇的時候，我只願意把它當做是年輕人那種感情的一時衝動，過後便一笑置之了。

此外，我能不去回憶那次遭遇其實也沒什麼了不起，因為自從瑪格麗特去巴涅爾後，我就沒有再見到過她。所以，就像我對你說過的，當她再在歌劇院走廊裡從我身旁擦肩而過時，我已認不出她了。她戴著面紗，這是真的，但是，如果是在兩年前，儘管她戴著面紗，我卻不用望著她，光憑感覺也猜得出來。儘管如此，當我知道那就是她的時候，便無法抑制住內心的狂跳，由於兩年不見而逐漸淡忘的感情一看到她的裙幅身姿，剎那間，便又重新燃燒起來了。

第八章

但是，（停了一會兒，阿芒又繼續說下去）一方面我很清楚自己依舊愛著她，另一方面我也覺得自己比過去堅強多了，在我急於想重新和瑪格麗特見面的願望當中，也包含著打算讓她看看我變得比她優越的念頭。

人的心靈爲了達到它所企求的目的，會給自己想出多少辦法，編造出多少理由啊！

這樣，我無法再在走廊裡傻傻地待下去，因而回到正廳前排的座位上。我向場內四周迅速地掃了一圈，想看看她坐在哪個包廂裡。原來她就坐在樓下的包廂裡，孤零零一個人。正如我對你說過的，她變多了，嘴角上再也看不到那種滿不在乎的微笑。她受盡病痛的折磨，而且一直不曾完全康復。雖然已經是四月天了，但她穿的還是冬天的衣服，全身都是天鵝絨。

我緊緊地盯著她，終於用目光將她吸引住了，她朝我看了一會兒，又拿起望遠鏡把我看了個仔細。她似乎覺得我好生面熟，可是一時之間又無法斷定我是誰。因爲當她放下望遠鏡的時候，嘴唇上掠過了女性用以致意的嫵媚微笑，而且似乎在等待著我的回答。可是我存心不理會她，以顯出自己比她略勝一籌，在她追憶往事的時候，我卻彷彿早已忘得一乾二淨了。她以爲認錯了人，便把頭轉了過去。這時啓幕了。看戲的時候，我瞄了瑪格麗特好多次，每次都發現她沒在專心看戲。我呢，對演出也同樣是心不在焉的。我只全神貫注地盯著她，同時又極力地不讓她覺察出來。

接著，我看到她正在跟坐在她對面包廂裡的一個人交換目光。我對那個包廂望去，認出那是跟我相當熟悉的一個女人。這個女人也是個妓女，曾夢想登上舞台，沒有遂願，後來仗著她和巴黎一些時髦女人的關係，便開始經商，開了一家婦女時裝店。我在她身上看到了我跟瑪格麗特會晤的好辦法，我趁她朝我這邊望過來的那一刻間，向她招手致意。果然不出我所料，她點頭叫我上她的包廂去。

布呂丹絲．杜薇諾瓦（就是這個女時裝商的吉祥名字）是那種四十來歲的胖女人，你要向這樣的女人打聽點什麼，用不著施展什麼手段，她們就會心領神會，尤其是像我打算問她的那種簡單的事。

我趁她對瑪格麗特微笑的那一下，問她：

「你望的是誰呀？」

「瑪格麗特．戈蒂耶。」

「你認識她？」

「認識，她一向是我店裡的主顧，又是我的鄰居。」

「你住在昂坦街？」

「住在七號。我們兩家梳妝室的窗子正好對著。」

「大家都說她是個迷人的姑娘。」

「你不認識她？」

「不認識，但我很想認識她。」

「你願不願意讓我把她叫到這裡來？」

「不要，我倒願意你把我介紹給她。」

「上她家去嗎？」

「是。」

「這可難了。」

「爲什麼？」

「因爲她受到一個嫉妒心很重的老公爵的監護。」

「監護，眞是妙不可言。」

「是的，是監護。」布呂丹絲說。「可憐的老頭兒，如果要當情夫倒還會叫他爲難呢！」

接著布呂丹絲就把瑪格麗特是怎樣在巴涅爾認識公爵的經過說給我聽。

「就是爲了這個原因，」我繼續說：「她才孤零零一個人上這兒來的嗎？」

「正是如此。」

「可是誰陪她回去呀？」

「他。」

「他要來接她？」

「待會兒就來了。」

「那你呢，誰陪你回去？」

「沒人。」

「那麼我能陪你嗎？」

「可是，你還有個朋友，不是嗎？」

「那我們一起陪你，怎麼樣？」

「你的朋友是誰？」

「是個漂亮的小伙子，非常有趣。如果他能認識你，一定會非常高興。」

「好，那就一言爲定，看完這幕戲，我們就走，因爲最後一幕我已經看過了。」

「那好，我去通知我的朋友。」

「去吧。喂！」我正要走開，布呂丹絲又對我說；「看！現在正走進瑪格麗特包用來的人，就是那位公爵。」

我朝那邊望去，只見一個七十來歲的老人在那年輕女人的身後坐下來，並遞給她一袋蜜餞，她隨即帶著微笑從袋子裡掏出蜜餞來，接著又把袋子伸到包廂前面，朝布呂丹絲做了個手勢，意思是：「你要不要吃一點？」

「不要！」布呂丹絲也用手勢回答。

瑪格麗特收回了蜜餞，轉過身去和公爵談起話來。

把所有這些瑣碎的事統統講出來，也許顯得幼稚可笑，但是與瑪格麗特有關的一切對我都記憶猶新，所以禁不住都一一地想起來了。

我去通知了加斯東，把剛才爲他和我安排好的事告訴他。他也同意了。我們離開座位，往杜薇諾瓦太太的包廂走去。我們剛打開正廳的門，就不得不閃到一旁，好讓瑪格麗特和公爵走出來。我眞情願少活十年來換取這個老傢伙的位置。

到了林蔭大道上，公爵扶她乘上一輛四輪敞篷馬車，他親自駕車，兩匹駿馬快步地帶著他倆疾馳而去。

我們走進了布呂丹絲的包廂。戲結束以後，我們走出劇院，乘上一輛普通的出租馬車，驅車來到了昂坦街七號。在她家門口，布呂丹絲請我們上樓去看看她自鳴得意的商品陳列室，好讓我們開開眼界。你可以想得到我是多麼迫不及待地接受了她的邀請。我感到自己正一步一步地向瑪格麗特靠近。我立刻把話題又轉到她身上。

「那個老公爵此刻在你女鄰居的家裡嗎？」

「不在，她很可能是單獨一個人。」

「那她可要感到無聊透了，」加斯東說。

「我們多數晚上都在一塊兒，要不然她一回到家裡就把我叫過去。她從未在夜裡兩點鐘以前就寢，要是早了，她就睡不著。」

「爲什麼？」

「因爲她患有肺病，幾乎總是在發燒。」

「她沒有情人嗎？」我問。

「每次我離開的時候，從未見過有人留在她那兒，但是我不敢擔保我走了以後是不是就再沒有人來。我晚上常常在她家裡遇見過一個什麼N伯爵，他自以爲經常在探夜十一點來拜訪她，再給她送來一些首飾，她要多少就給她多少，這樣就可以博得她的歡心，可是她卻對他非常反感。她可錯了，這是一個很有錢的公子哥兒呢！我不時地對她說：『親愛的，這個人對你正合式哩！』她根本不聽。她平常是很聽我的話的，聽到我這樣說，便總是轉過身去，說他太蠢了。說他蠢，我也承認，可是她總算有個指望吧，而那個老公爵說不定哪一天就要歸天了。老頭兒都是自私的東西，加之由於公爵喜愛瑪格麗特，他家人便不斷地責備他。這兩個原因都表明公爵不會留給她什麼的。我好說歹說，她總是回答道，等公爵死後再跟伯爵好也有的是時間。像她這種生活，並不是有趣的。要是我呀，我知道得很清楚，我受不了這樣的生活，我準會早叫那個老傢伙滾蛋的。那個老東西可眞乏味，他叫她女兒，像照顧小孩一樣照顧她，一天到晚跟著她礙手礙腳的。我敢肯定，就在此刻，準有他的僕人在街上踱來踱去，看有什麼人從她家裡出來，尤其是看有什麼人溜進去。」

「啊！這個可憐的瑪格麗特！」加斯東說，同時坐到鋼琴前面，彈起了一首圓舞曲。

「我對這個情況並不清楚。不過，我確實發覺她近來沒有以往快活了。」

「噓！」布呂丹絲側耳傾聽。加斯東也停了下來。

「我想她在叫我了。」

我們也留神的聽——果然有個聲音在叫喚：「布呂丹絲！」

「好啊，先生們，現在你們得走囉！」杜薇諾瓦太太對我們說。

「哎呀！這就是你對我們的款待啊！」加斯東笑著說：

「我們可要高興走的時候才走呢！」

「你爲什麼要我們走？」

「我要上瑪格麗特家去。」

「那我們就在這兒等你好了。」

「不行。」

「那我們和你一起去。」

「那更不行。」

「我認識瑪格麗特，」加斯東說。「我大可以去拜訪她。」

「但是阿芒可不認識她。」

「我可以幫他們介紹。」

「這不行。」

我們又聽到瑪格麗特叫布呂丹絲的聲音。

布呂丹絲奔向她梳妝室的窗口。我和加斯東跟著她進去。她打開了窗子。我們藏了起來，不讓人從外面看得見。

「我叫你有十分鐘了。」瑪格麗特在她的窗口說，口吻很是急切。

「有什麼事嗎？」

「我要你馬上過來。」

「幹嘛呢？」

「N伯爵老賴在這兒，眞煩死人了。」

「現在我不能過去。」

「什麼事讓你分不開身？」

「我家有兩個年輕人，他們不肯走。」

「你告訴他們說你要出去。」

「我說過了。」

「那好，就讓他們待在你那兒吧，等到他們看到你眞的離開了，就會走掉的。」

「他們會把一切東西都翻得亂七八糟的。」

「那他們想要什麼呀？」

「他們想見你。」

「他們叫什麼名字？」

「其中一個你認識，是加斯東先生。」

「啊，對，我認識他，另一位呢？」

「阿芒·杜瓦先生，你不會認識的。」

「不認識，不過你把他們都領過來吧。隨便什麼人都比伯爵強。我等著你們，快些來。」

瑪格麗特又關上窗子。布呂丹絲也關上了。瑪格麗特方才在劇院裡曾記起我的面貌，卻想不起我的名字。我寧願她記起了對我的不好印象，也不願意她把我忘得一乾二淨。

「我早就知道她會高興見到我們的。」加斯東說。

「她未必高興吧？」布呂丹絲一面圍披肩戴帽子，一面回答道：「她接待你們是爲了趕走伯爵。你們要比他識趣一些，不然的話（我很了解瑪格麗特），她會全怪我的。」

我們跟在布呂丹絲後面下樓。我渾身哆嗦，彷彿預感到這次拜訪將會對我的一生產生巨大的影響。我比那天晚上被領進喜劇歌劇院包廂時還要激動。當走到你認得的那幢房子的門口時，我的心跳得那麼厲害，腦子幾乎都不聽使喚了。

我們聽到了鋼琴聲。布呂丹絲去按門鈴。鋼琴聲停了下來。一個不像侍女卻更像是女伴的女人給我們開了門。我們走進客廳，再從客廳來到梳妝室，它那時的陳設和你以後見到的一模一樣。一個年輕人靠壁爐站著。

瑪格麗特坐在鋼琴前面，任憑手指在琴上亂按，彈著總是些不成調的曲子，這個場面看了眞叫人很不好受。那個男的因爲不受尊重而狼狽不堪，那個女的則因這個令人掃興的傢伙的來訪而煩躁不安。一聽到布呂丹絲的聲音，瑪格麗特便站起身向我們走來，並用感激的目光望了一下杜薇諾瓦太太，說：「請進來吧，不勝歡迎之至。」

第九章

「晚安，我的好加斯東，」瑪格麗特對我的同伴說：

「很高興見到你，爲什麼在歌劇院裡你不到我的包廂來？」

「我怕太冒昧。」

「朋友嘛……」瑪格麗特把這三個字拖長了一下，好像要讓在場的人明白，儘管她接待加斯東的態度十分親密，而加斯東過去和現在無非仍都是個朋友而已，「朋友之間是從來不必講什麼冒昧不冒昧的。」

「那麼，你允許我給你介紹阿芒·杜瓦先生囉！」

「我已經答應過布呂丹絲了。」

「談到介紹，小姐，」我鞠了個躬，好不容易才從喉嚨裡擠出這句勉強聽得清楚的話，說道：「我早就很榮幸，有人向你介紹過了。」

瑪格麗特眨動迷人的雙眼，彷彿在記憶中追溯什麼，但是什麼也沒記起來，或者說裝作什麼也沒記起來的樣子。

「小姐，」我便接著說下去：「我很感激你已經忘掉了那初次的介紹，因爲我當時太愚蠢可笑了，肯定令你非常討厭。那是兩年前在喜劇歌劇院的事了，當時我和歐內斯特在一起。」

「哎呀！我記起來了！」瑪格麗特微笑著說。「那時不是你愚蠢可笑，而是我喜歡捉弄人，我現在還有點兒這種壞脾氣，不過要好多了。先生，你已經原諒我了吧？」

說著，她向我伸出手來，我吻了一下。

「這是眞的，」她又說。「你知道，我有一種壞習慣，我喜歡讓那些我初次見到的人感到尷尬。這太蠢了。我的醫生說這是因爲我有些神經質，而且一直有這種毛病的緣故。請相信我那位醫生的話吧！」

「不過，現在你看起來很健康。」

「啊！我曾病得很厲害呢！」

「我知道。」

「誰告訴你的？」

「大家都知道。我那陣子還時常來探聽你的病情，後來聽說你恢復了健康，我很高興。」

「但從來沒人把你的名片交給我。」

「我從未留下名片。」

「那麼，我生病時，那位每天都來探問病情，卻從來不肯說出名字的年輕人就是你囉？」

「正是我。」

她看了我一眼，這種目光是女人用來評價她們對一個男人的看法時的表現手法。然後，「這麼說來，你不僅胸襟開闊，而且心地善良。伯爵，這是你做不到的。」她轉過身去對N先生又說了這麼一句話。

「我認識你才不過兩個月。」伯爵辯解說。

「而這位先生才認識我五分鐘。你淨說些蠢話。」

女人總是尖酸刻薄地對待她們所不喜歡的男人。伯爵被弄得面紅耳赤，緊咬住嘴唇。我有點可憐他，看來他也和我一樣愛上了瑪格麗特，而她那種毫不留情的露骨態度定然令他很難堪，尤其是當著兩個陌生人的面。

「小姐，我們進來的時候，你正在彈琴，」我爲了改變話題，便說：「你願不願意把我當做老朋友，賞個臉繼續彈下去呢？」

「啊！」她說，同時坐到長沙發上，並示意請我們也坐下。「加斯東很清楚我的音樂底細。光我和伯爵在一起的時候，彈彈倒還湊和，我可不願叫你們兩位受這份罪。」

「那你是特別優待我囉？」N先生帶著極力裝出的自我解嘲的微笑說道。

「你不要怪我，這種優待是我唯一能特許給你的。」面對這樣一句話，這個可憐的年輕人只好啞口無言了。他用哀求的目光對這個年輕女人看了一眼。

「喂，布呂丹絲，」她繼續說下去：「我託你的事辦好沒有？」

「辦好了。」

「那好，待會兒你再告訴我。我們還得商量一下，在我沒有跟你談話之前不要走掉了。」

「我們來得一定不是時候，」我說。「現在我們，或者不如說我已經受到了第二次引見，可以把上一次的引見一筆勾銷了。加斯東和我該告辭了。」

「一點也不是這樣，這話不是說給你們聽的，恰恰相反，我希望你們留下來。」

伯爵從口袋裡掏出一塊非常精緻的錶，看了看時間：「我得去俱樂部了。」他說。瑪格麗特一聲也不吭。於是伯爵離開了壁爐，向她走過來，說道：「再見，夫人。」

瑪格麗特站起來：「再見，親愛的伯爵，你這就要走？」

「是的，我怕會惹你厭煩。」

「今天你並不比往常更令我厭煩。什麼時候再見到你？」

「等你允許的時候。」

「那麼再見吧！」

你得承認，這做法是太刻薄了。幸好伯爵受過極爲良好的教育，性情又非常溫和。他只是吻了吻瑪格麗特漫不經心地向他伸出的手，然後向我們行了個禮，就走出去了。

在他正要跨出房門的時候，又回頭朝布呂丹絲看了一看。布呂丹絲聳聳肩膀，意思是說：

「你還能要我怎麼辦呢？我已經是盡力而爲了。」
「納尼娜！」瑪格麗特叫喚道：「拿個燈給伯爵先生照路。」
接著，我們聽見門打開又關上的聲音。
「好啦！」瑪格麗特一邊往回走、一邊大聲叫嚷：
「總算送走啦，這個人眞叫我煩死了。」
「我的好姑娘，」布呂丹絲說：「你對他也眞太薄情了，而他對你多好多體貼。瞧！壁爐上又是他送給你的一塊錶，我敢肯定，這錶至少也得花掉他三千個銀幣。」
杜薇諾瓦太太走到壁爐跟前，拿起那塊珍貴的錶玩弄著，模樣十分貪婪。
「親愛的，」瑪格麗特坐到鋼琴前說：「我把他送給我的東西放在這一邊，把他對我講的話放在另一邊，細細掂量了一下，我便覺得我答應他的來訪是太便宜他了。
「這個可憐的小伙子愛上你了。」
「要是我得聽所有愛上我的人說的話，那我連吃飯的工夫都沒有了。」
她隨手彈起琴來，然後轉過身來對我們說：
「你們要吃點什麼嗎？我呀，我要喝一點兒潘趣酒（一種加飲料的雞尾酒）。」
「我想吃一點雞，」布呂丹絲說：「我們吃晚飯好嗎？」
「對啦，讓我們出去吃晚飯。」加斯東說。

「不必出去，就在我這兒吃吧。」

她按了鈴。納尼娜應聲來了。

「叫他們準備晚飯。」

「要吃什麼？」

「隨你的便，不過要快，快！」

納尼娜出去了。

「這可好啦，」瑪格麗特像個小孩一般雀躍起來：「我們吃晚飯吧，那個傻瓜伯爵眞惹人嫌。」

我越看這個年輕的女人，就越覺得她迷住了我。她漂亮得令人銷魂，就連那高挑個兒也是那麼動人。我迷失在遐想之中。

我心中的活動，我自己也很難解釋清楚。我完全體諒她的生活，萬分讚賞她的美貌。她不接受一個時髦、富有、甚至爲她傾家蕩產也在所不惜的年輕人的追求，這種不爲錢財動心的表現，使我不再計較她從前所有的過錯。

在這個女人身上，尙有著一種純眞的秉性。看得出她在放蕩的生涯中還保持著純潔。她那莊重的步履，婀娜的體態，粉紅色微微張開的鼻孔，周圍略帶著藍色的大眼睛，都表明她是個生性熱情的女人。這種氣質的女人能在她們的四周散發出一種情欲的香味，如同那些香水瓶，不管封閉得多緊密，也還會有一些香味從瓶子裡滲透出來。

總之，可能是氣質，也可能是病態的結果，這個女人的眼裡不時閃射出渴望的光芒。這種光芒的流露，對她注定要愛的人來說，正預示著一種至高無上的幸福。但是，不論是那些愛過瑪格麗特的人，還是她愛過的人都一概未曾享受過這種幸福。

簡單扼要地說，在這個身處於風塵中的女孩身上，卻可以看到一種純眞的火花在閃亮。在瑪格麗特身上還存在著兩種情感：高傲和自立。在這兩種情感受到傷害時，是能夠喚起羞恥之心的。雖然我什麼也沒說，但我靈魂深處的想法彷彿傳到了我的心坎，而我的一片心思彷彿也全都表露在我的雙眼了。

「啊！」她突然對我說：「在我生病的時候，常來探聽我病情的人就是你？」

「是的。」

「你眞太了不起了！我該怎樣來報答你呢？」

「允許我可以經常來看你就行了。」

「只要你願意，下午五點到六點，十一點到午夜都可以來。喂，加斯東，幫我彈一首〈請跳華爾滋〉。」

「爲什麼要彈這首？」

「一來我高興聽這首曲子，二來是因爲我自己總是彈不好。」

「什麼地方使你感到困難呢？」

「第三部分，有升高半音的那一節。」

加斯東站起來，在鋼琴前面坐下，便開始彈韋伯的這首美妙的曲子，樂譜就擺開在他面前的樂譜架上。

瑪格麗特一隻手扶著鋼琴，眼睛跟著琴譜的每個音符移動，同時低聲地在伴唱著。加斯東彈到她說的那一節的時候，她就一面讓手指在鋼琴頂部滑來滑去，一面哼出聲來：

「Do, re, mi, do, re, fa, mi, re……這就是我彈不來的地方。請再重彈一遍。」

加斯東又彈了一遍，彈完後，瑪格麗特對他說：「現在讓我來試試。」

她坐好就彈了起來，但是她的手指不聽使喚，在彈到那幾個音符時總是會彈錯。

「這眞叫人難以相信。」她以一種十分孩子氣的口吻說：「這一節我就老是彈不好！信不信由你們，我有時候一直彈到淸晨兩點鐘還彈不好。我一想到那個傻瓜伯爵不用樂譜就能彈得那麼動聽，我呀，確實爲了這個便對他惱火透了。」

她又開始重彈，但結果還是一樣。

「什麼韋伯，什麼曲子，還有鋼琴，統統見鬼去吧！」她把樂譜向房間另一頭扔過去，嚷道：「怎麼我就不會連續彈八個高半音呢？」她又叉起胳臂，望著我們，同時頓著腳。她兩頰變得通紅，一陣輕輕的咳嗽，使她的嘴微微地張開。

「看你，看你，」布呂丹絲說。她已經脫掉帽子，正對著鏡子梳理她的頭髮：「你又生氣了，這會傷身體的。我們最好去吃飯吧，我可餓壞了。」

瑪格麗特又拉了拉鈴，接著又坐到鋼琴前面，開始用半低音哼起一首輕佻的歌曲，一邊不費力地彈奏。加斯東也會唱這首歌，他們兩人便唱起二重唱來。

「別唱這一類下流的小調吧！」我用懇求的口吻對瑪格麗特說。

「哦！你多正經八百啊！」她微笑著對我說，並且向我伸過手來。

「這不是爲了我，而是爲了你。」

瑪格麗特做了個手勢，意思是說：「哎呀，我早就與循規蹈矩無緣了！」

這個時候納尼娜進來了。

「晚飯準備好了沒有？」瑪格麗特問道。

「馬上好，小姐。」

「那好，」布呂丹絲對我說：「你們還沒參觀過這幢房子，來，我帶你們去看看。」

你也知道，那間客廳眞是富麗堂皇。

瑪格麗特陪我們看了一會兒，隨著叫過加斯東，就同他一起往飯廳走去，想看看晚餐準備好了沒有。

「呀！」這時布呂丹絲看到陳列架上一個薩克森小瓷像，叫道：

「我不知道你竟然有這樣一個小人兒呢！」

「什麼小人兒？」

「一個拿著鳥籠的小牧人。」

「你喜歡就拿去好了。」

「哦！可是我怕奪走你心愛的東西了。」

「我覺得它難看，本來打算送給我的侍女的，既然你喜歡就拿去吧！」

布呂丹絲眼中只有禮物，至於禮物是以什麼方式取得的，她倒也不在乎。她把那個小瓷像放在一邊，便領我走進梳妝室，指著並排掛在牆上的兩幅肖像，對我說：

「這就是G伯爵，他曾經十分迷戀瑪格麗特，是他使她出名的。你認識他嗎？」

「不認識。這一位呢？」我指著另外一幅肖像畫問。

「這是L子爵。他是被迫離開的。」

「爲什麼？」

「因爲他快傾家蕩產了。如果你願意知道的話，這又是一個迷戀瑪格麗特的人。」

「那她無疑也非常愛他了？」

「她是個很古怪的女人，誰也永遠摸不透她的脾氣。就在子爵要走開的那天晚上，她和平時一樣上戲院看戲，不過在他跟她道別的時候，她還是哭了一場。」

正在這個時候，納尼娜走了進來，通知我們晚飯準備好了。

我們走進飯廳的時候，瑪格麗特靠在牆上，加斯東握著她的手，在對她低聲說話。

「你瘋了，」瑪格麗特回答他說：「你很清楚，我是不會愛你的，你兩年之後才提出，愛上像我這樣的一個女人，不會有什麼好處的。對我們這種女人，要嘛立刻就愛上了，要嘛永遠也別提了。好啦，先生們，坐下吧。」

瑪格麗特避開加斯東的糾纏，叫他坐在她的右邊，我坐在她的左邊，接著她對納尼娜說：

「你先別坐下，去廚房關照一聲，就說有人按鈴也別開門。」

她做這個吩咐的時候，已經是清晨一點鐘了。

我們在這頓晚飯中大吃大喝，放聲笑鬧。沒多久，歡樂的氣氛便達到了頂點，那種某一階層的人把肉麻當有趣、說出來會弄髒嘴巴的穢語不時地冒了出來，納尼娜、布呂丹絲和瑪格麗特卻不斷地爲之喝采。加斯東也盡情地享受這種樂趣，他是個心地善良的小伙子，只可惜有點被早年染上的一些惡習所毀掉。有過一陣子，我也想逢場作戲，讓自己的整個身心對眼前的一切麻木不仁，好好享受這種宛如晚餐中的一道美食。可是慢慢地我的思想會離開這種喧鬧，我喝不下酒。當我看到這個二十歲的美麗人兒，像腳夫一樣酗酒、說粗話，別人說的話越是不堪人耳，她越是笑得起勁時，我幾乎爲之傷心透頂。

然而，這種尋歡作樂，這種說粗話和酗酒的樣子，針對同桌別的人來說，我覺得是與墮落爲件、跟惡習同流合污的結果，而在瑪格麗特身上，我卻覺得像是出自一種忘掉一切的需要，是一種狂熱，一種神經質激動的表現。她每喝一杯香檳，兩頰就泛起一陣發燒的紅暈，晚飯開始時勉強覺察到的咳嗽越來越厲害，使她不得不把頭靠在椅背上，每咳一下便用雙手按住胸口。

瑪格麗特孱弱的體質，必定是過著這種放縱沒有節制的生活所造成的，而且這種自我摧殘，至今還未終止，一想到這些，我心裡就難受極了。後來，我提心吊膽的事終於發生了。在晚飯吃完的時候，瑪格麗特猛然一陣咳嗽，那是我在那兒看到過最厲害的一次。這一咳嗽似乎要把的心胸撕裂成兩半。這個可憐的女孩，臉脹得通紅，痛得閉上了雙眼，用餐巾捂住嘴唇，上面立即沾上了一滴血。於是她站起來，跑進了梳妝室。

「瑪格麗特怎麼啦？」加斯東問。

「她笑得太厲害，咳出血來了。」布呂丹絲說。「啊，沒事，她天天都這樣。她就會回來的。讓她一個人待會兒，她喜歡這樣。」

我呢，我再也看不下去了，不管布呂丹絲和納尼娜有多驚訝，不管她們如何地叫我回來，我還是找瑪格麗特去了。

第十章

瑪格麗特躲進去的那個房間，只有一支蠟燭照亮著。她仰躺在一張大沙發上，衣服解開了，一隻手按住胸口，另一隻手垂放著。桌上有個銀盆子，裡面盛了半盆水，水面上漂著一縷縷像大理石花紋的血絲。

瑪格麗特的臉色蒼白，嘴半張開著，竭力想喘過氣來。她的胸部不時由於困難的喘息而鼓了起來，喘息過後會使她稍感輕鬆，能舒服一陣子。

我走到她的身邊，她一動也沒動，我坐了下來，並握住她放在沙發上的那隻手。

「啊！是你！」她帶著微笑對我說。

我的神色一定很慌張，因爲她緊接著就問我：「你是不是也病啦？」

「沒有。可是你，你還覺得難受嗎？」

「只有一點兒，」她用手帕揩掉了咳嗽帶出來的淚水：「這種情況我已經習慣了。」

「小姐，你這是在摧殘自己，」我聲音激動地對她說：

「我多麼願意做你的朋友，你的親人，好勸阻你別再這樣糟蹋自己了。」

「啊！這眞不值得你這樣擔驚受怕。」她用一種稍帶辛酸的的語調回答我。「你看一看，別人對我有多大的關心！他們都十分清楚我這種病是醫不好、治不癒的。」

說完她便起身，把蠟燭放在壁爐上，對著鏡子顧影自憐起來。

「我的臉色多蒼白呀！」她一面說，一面扣好衣服，用手指理一理散亂的頭髮。

「啊，行了！讓我們回到餐桌去吧。你來嗎？」

我依然坐著，一動也不動。

她明白這種景象令我感觸至深，因而她走近了我，把手伸給我，「走吧，我們一道走！」

我拿起她的手，放到我的唇邊親吻，眼淚忍不住滴落到她的手上。

「唉，你眞是個孩子！」她說著又在我身邊坐了下來，「瞧，你哭了！你怎麼啦？」

「你一定覺得我像個大傻瓜，可是剛才的情形眞叫我痛苦極了。」

「你的心腸太好了，可是你說我又能怎麼樣呢？我睡不著，只好找點兒樂趣聊以消遣。再說，像我這樣的女人，多一個或少一個又有什麼關係呢？醫生們全都說，我咳出的血是來自支氣管。我裝作相信他們的話，我能爲他們盡力的就只有這一件事了。」

「你聽我說，瑪格麗特，」我帶著無法控制的情緒說道：「我不知道你對我的生命將會產生多大的影響，不過我知道的是，此刻沒有一個人，甚至我的親姐妹，會像你這般引起我的關心。這種感情是從我見到你以來就始終不渝的。啊！看在老天爺的份上，好好愛惜你的身體，別再像現在這樣過日子吧！」

「如果要我愛惜自己的身體，那我就會死掉。現在支持我的，就只有目前這種狂熱的生活。說到愛惜自己的身體，對那些有家庭有朋友的上流社會的女人而言自然是好事，可是我們呢，只要我們不能再滿足我們的情人的虛榮心，不能再供他們尋歡作樂，那他們就要拋棄我們，等待我們的，便只有無窮無盡的苦日子了。這一點我很清楚，我在病床上躺了兩個月，而三個星期以後，便再也沒有一個人來看望我了。」

「說眞心話，對你來說我是無足輕重的。」我說。「不過，如果你不嫌棄的話，那我願意像個兄弟一樣照顧你。我永遠陪伴在你身邊，我要治好你的病。等到你身體康復以後，如果你覺得合適，依舊可以重過你原來的生活，可是我敢肯定，你那時便會更喜歡過一種清靜的生活，那會使你更幸福，也會使你青春永駐。」

「今天晚上你這樣想，那是因為你喝酒而有點感傷的緣故，其實要像你所說的做起來，你就不會有這份耐心了。」

「瑪格麗特，請聽我說，你曾病了兩個月，就在這兩個月裡，我每天都去探聽你的病情。」

「這倒不假，可是你爲什麼不上樓來呢？」

「因爲那時候我還不認識你。」

「難道對待像我這樣的一個女子，還要特別拘謹嗎？」

「對待任何女子都應該特別拘謹，至少這是我的看法。」

「這麼說，你願意來照顧我啦？」

「是的。」

「你整天都願意待在我的身邊？」

「是的。」

「甚至整晚？」

「任何時候都如此，只要你不討厭我。」

「你把這叫做什麼？」

「忠誠。」

「這種忠誠是從哪裡來的？」

「來自我對你的一種無法抑制的同情。」

「這麼說來，你愛上我了？你要直截了當地告訴我，這沒有什麼好拐彎抹角的。」

「可能是，不過就算我有朝一日得告訴你，也不能今天就說。」

「你最好永遠也別對我說這個。」

「爲什麼？」

「因爲這種表白只能有兩種結果。」

「哪兩種？」

「要嘛我不接受你的愛，那你就會恨我，要嘛我接受了，那你就會有一個可悲的情婦；一個神經質的、有病的、憂鬱的、或者高興起來那種快樂比悲傷還要憂鬱的女人，一個吐血的、一年要花費十萬法郎的女人。她對一個像公爵那樣的老富翁倒挺合適，但是對像你這樣一個年輕人可說是糟透了，我以前那些年輕的情人都很快就離開了，這就是憑證。」

我默默地聽著她說，無言以對。這種近似懺悔的坦率，這種透過紙醉金迷的幌子，能依稀可辨的痛苦生活，這個可憐的年輕女子在放蕩、酗酒和失眠中極力逃避的現實生活，這一切的一切都令我感慨萬端，一時竟無言以對了。

「好啦！」瑪格麗特繼續說道：「我們講的都是孩子氣的話。把手給我，讓我們一起回飯廳去吧。我們離席久了，他們弄不清這是怎麼一回事，又要瞎猜疑呢！」

「你高興回去你就回去吧，不過我求你讓我留在這兒。」

「爲什麼？」

「因爲你的快活，會使我感到非常難過。」

「那麼，我就悶悶不樂好了。」

「啊，瑪格麗特，請聽我對你說件事，這種事別人無疑經常對你提起，你就習以爲常，也許不會把它當眞了，雖然它一點也不假。這事我以後再不會對你說第二遍。」

「這是……」她說時帶著微笑，依然像個年輕母親在諦聽她的孩子講什麼傻話一樣。

「是這樣，自從我看見你以來，也不知道是爲什麼，你便在我的生命中占了一席之地，我想從我的腦海裡趕走你的影像，卻感到束手無策，它總會重新出現。我已有兩年沒見到你了，但今天我一遇到你，你又在我的心中，在我的精神上，產生了更加強烈的影響。現在，你接待了我，我認識了你，對你有了徹底的了解，你就成了我再也不能缺少的人了。別說你不愛我，哪怕你不讓我愛你，都會令我發狂的。」

「但是，你眞是個小傻瓜，這下子我可要學D太太把話給你直說了：『那你一定很有錢囉！』難道你不曉得我每月要花上六、七千法郎，沒有這種開銷我就活不下去。難道你不曉得，我可憐的朋友，用不了多久我就會弄得你傾家蕩產，你的家庭也會因爲你跟我這樣一個女人在一起而斷絕你的經濟來源。讓我們成爲好朋友吧，不要再存別的念頭了。你常來看我，我們一起談天說地，不過別抬舉我，我只是個微不足道的人罷了。你有一副好心腸，你需要有人愛你。你年紀太輕，太容易動感情，不能在我們這個環境裡廝混。你去找個結過婚的女人好了。你看，我對你眞是夠坦率的，完全像個朋友一樣。」

「哈哈！你們在這兒搞什麼鬼？」布呂丹絲猛然大聲嚷道，我們也沒聽到她進來。她站在房門口，頭髮蓬鬆，衣衫零亂。我看得出，這都是加斯東的傑作。

「我們在談正經事，」瑪格麗特說。「讓我們單獨再談幾句，我們一會兒就過去。」

「好，好，你們談吧，孩子們。」布呂丹絲說著就走開了，同時隨手把門帶上，彷彿要加重她說這話時的語調似的。

「那麼，我們算是說定了，」只剩下我們兩個人的時候，瑪格麗特又說道：「你就不要再愛我了。」

「那我馬上就告辭。」

「事情竟然到了這種地步？」

我已經是一言既出，駟馬難追。此外，這個年輕女人也令我心神不寧。那些同時體現在她身上的快活、憂鬱、單純、賣笑，甚至促成她神經質興奮、感覺靈敏的疾病，全都讓我清楚地懂得，如果我在一開始沒有控制住這個健忘而輕佻的女人，那她就不是我的了。

「那麼，你剛才說的都是認眞的？」她說道。

「非常認眞。」

「不過，你爲什麼沒早點兒告訴我呢？」

「我什麼時候有機會說呢？」

「就在喜劇歌劇院裡你被介紹給我的第二天。」

「我想，如果我那時來看你，你絕不會歡迎我的。」

「爲什麼？」

「因爲前一天晚上，我表現得太愚蠢可笑了。」

「這倒是眞的。可是，那時候你就已經愛上我了啊！」

「是的。」

「可這並不妨礙你散場後回家睡大覺，而且睡得異常香甜。誰都清楚這種愛情是怎麼一回事，我們都心理有數。」

「對不起，這你可弄錯了。你知道離開劇院後的當天晚上——我做了些什麼嗎？」

「不知道。」

「我先在英吉利咖啡館門口等你，後來我緊跟你和你的三位朋友坐的馬車到了你家門口。當我看到只有你一個人下了馬車，又獨自走進去的時候，我心裡有說不出的高興。」

瑪格麗特哈哈大笑起來。

「你笑什麼？」

「不笑什麼。」

「告訴我，我懇求你，否則我將認爲你仍舊在笑話我。」

「你不會生氣嗎？」

「我有什麼權利生氣呢？」

「那好，那天我獨自回家是有充分理由的。」

情。

「什麼理由？」

「有人在家裡等著我呢！」

即使她刺了我一刀，也不會比這話更刺痛我的心了。

我霍然站起身，向她伸出手。「再見了！」我對她說。

「我就知道你會生氣的，」她說。「知道了叫人難受的事，男人們都會怒不可遏的。」

「但是我向你保證，」我用冷冷的口氣又說道，好像想藉此來表明我已經完全打消了我的痴情。「我向你保證我並沒有生氣。有人在等你，那是非常自然的事，就好像我清晨三點鐘要離開，也是非常自然的事一樣。」

「你是不是也有什麼人在你家裡等著？」

「沒有，不過我一定得走。」

「那好，再見啦！」

「你在攆我？」

「一點也不是。」

「你幹嘛讓我受苦呢？」

「我讓你受什麼樣的痛苦啦？」

「你說有人在等你。」

「你看到我由於這個緣故才獨自回家卻感到那麼高興，我想到這就禁不住要發笑。」

「人們常會在孩子氣十足的東西上面尋求快樂，當你對這種情況不聞不問，就能讓別人享受到快樂，如果這時候硬要往上面潑冷水，那眞是太狠心了。」

「但是你把我當成什麼人啦？我既不是一個大家閨秀，又不是一位公爵夫人。我只是今天才認識你，我的行爲還用不著你管。就算有朝一日我會成爲你的情婦，你也應該知道，除你之外我還會有別的情人。如果你事先就已經因爲嫉妒而對我發脾氣，要是我們之間還有『以後』的話，那以後該怎麼辦呢？我從未見過像你這樣的男人。」

「這是因爲從未有過一個人像我這樣地愛你。」

「好了，告訴我實話，你眞的非常愛我嗎？」

「愛到沒法再深的程度，我想。」

「這開始於……」

「開始於我看到你走下敞篷馬車，走進蘇斯商店的那一天，已有三年了。」

「這眞是了不起，你知道嗎？那麼，我應該做些什麼來報答你這種深情厚意呢？」

「請讓我分享一點你的愛情。」我說。心跳得幾乎連話都說不出來；因爲雖然在整個談話中，她總帶著幾分譏諷意味的微笑，但是我感覺得出瑪格麗特也開始像我一樣心神不定，我那夢寐以求的時刻已不遠了。

「那好，公爵怎麼辦呢？」
「哪個公爵？」
「我那愛嫉妒的老頭兒。」
「他什麼也不會知道的。」
「如果他知道了呢？」
「他會原諒你的。」
「才不會呢！他會拋棄我的，那我怎麼辦呢？」
「但你也正在為另外一個人冒著被拋棄的危險。」
「你怎麼知道的？」
「因為你吩咐過今天晚上不讓任何人進來。」
「確實是這樣，但那人是一個誠懇的朋友。」
「你對他並不怎麼關心，因為現在這個時候你還把他擋在門外。」
「輪不到你來責備我，因為這是要接待你們，你和你的朋友。」
我挨近瑪格麗特，一把攬住她的腰，我感覺到她柔軟的身軀輕輕地壓在我合攏的雙手上。
「如果你知道我多麼愛你就好啦！」我低聲對她說。
「真的嗎？」

「我可以發誓。」

「那好，如果你一切都順從我的意思，不說二話，不盤三問四，那我也許有朝一日會答應愛上你的。」

「我全都聽你的！」

「但是我有言在先，我要無拘束地做我高興做的事，用不著事事都告訴你。長久以來，我就在尋求一個年輕順從的愛人，他要對我多情但不多心，他讓我愛他卻不要求什麼權利。我一直未能找到這樣一個人。男人們，一旦得到本來很難得到的東西，時間一長，他們不僅不滿意，而且要對他們情婦的現在、過去、甚至未來的情況追根究底。他們越和她熟悉，就越想支配她，別人對他們越遷就，他們就越得寸進尺。如果我現在打定主意要再找一個情人的話，那我希望他要具有三種非常罕見的品德：他要信任人，體貼人，還要做事深思熟慮。」

「好吧，我要成爲你所希望的人。」

「來日再看看吧！」

「什麼時候呢？」

「過些時候。」

「爲什麼？」

「因爲，」瑪格麗特從我的懷抱裡掙脫出來，在 大束紅茶花裡取出一朵，插進我衣服的鈕孔，說道：「因爲協議總不能簽訂的當天就開始生效啊！」

「我什麼時候能再見到你呢？」我說，又緊緊地把她摟到懷裡。

「當這朵茶花換顏色的時候。」

「它什麼時候會換顏色呢？」

「明天晚上十一點到十二點之間，你可滿意了吧？」

「這還用問嗎？」

「一點也不要對你的朋友，對布呂丹絲，對任何人提到這件事。」

「我答應你。」

她向我遞上來嘴唇，又理了理頭髮，我們就離開這個房間。

「現在，吻我一下，我們要回到飯廳去了。」

她唱著歌，我呢，幾乎忘乎所以了。

在與飯廳相連的房間裡，她站住了，低聲對我說：「我這樣突然地就接受了你，也許會叫你感到奇怪吧，想知道這是什麼原因嗎？這是因爲……」她拿起我的手，放到她的胸口上，讓我感到她的心不斷地劇烈地跳動著，然後繼續說：「這是因爲我不像別人一樣活得長了，我要讓自己活得更痛快一些。」

「求你不要這麼說。」

「啊，不要難過，」她笑著繼續說：

「儘管我活得多短促，但我還是活得比你愛我的時間要長一些。」

接著，她一面唱歌、一面走進了飯廳。

「納尼娜在哪裡？」她只看到加斯東和布呂丹絲兩個人在那兒，就問道。

「她已經在你的臥室裡打盹了，她等著伺候你上床呢！」布呂丹絲回答說。

「可憐的人！我眞是要她的命！好啦，先生們，時候不早了，請便吧。」

十分鐘後，加斯東和我走了出來。瑪格麗特和我握手道別。布呂丹絲留了下來。

「喂，」等我們走到屋子外邊的時候，加斯東問我：「你覺得瑪格麗特怎麼樣？」

「她眞是個天使，我已經瘋狂地愛上她了。」

「果然不出我所料，你對她表白過了嗎？」

「是。」

「她肯相信你了？」

「還沒有。」

「她不是布呂丹絲那種人。」

「布呂丹絲答應你了吧？」

「何止答應，親愛的朋友，你簡直想不到這個可憐的半老徐娘還挺不錯哩！」

第十一章

阿芒講到這兒，停住了。

「你願意替我把窗子關上嗎？」他對我說：

「我開始覺得有點兒冷，同時我想上床去躺一躺。」

我關上了窗子。阿芒身體還很虛弱，他脫掉晨衣便在床上躺下，讓頭在枕頭上平枕了一會兒，像個爲冗長的攀談弄得疲乏的人，或者爲痛苦的回憶弄得心煩意亂的人一樣。

「也許你話說得太多了，」我對他說：

「你願意我離開，好讓你睡一下嗎？改天你再把這故事給講完吧！」

「你聽得煩了？」

「恰恰相反。」

「那麼我還是繼續講下去，如果你讓我一個人留下來，我也睡不著的。」

於是，不加思索地他又說下去，對他來說，那些細節都仍記憶猶新：

回到家裡我沒有睡，而是回憶起一天的遭遇。跟瑪格麗特的偶然相會，介紹，她私下給我的許諾，這一幕幕發生得如此迅速，如此出乎意料之外，使我有時候還以為是在做夢呢！

然而，一個像瑪格麗特這樣的女人，一個男人頭一天向她提出請求，而她答應第二天就以身相許的事，已經屢見不鮮了。

儘管我確實有過這樣的疑慮，但我未來的情婦對我產生的第一印象是那樣地強烈，使我難以忘懷。我仍是一個勁兒地不把她同別的女人相提並論。我也懷著所有男人都有的虛榮心，堅信她不會辜負我對她的一片痴情。

但是，就我耳聞目睹的一些事情來看是非常矛盾的，我常聽別人說，瑪格麗特的愛情是隨著季節來變換行情的。

不過，從另一方面來看，她一再拒絕那個我們在她家裡見到過的年輕伯爵，這事和這種狼藉的名聲怎能聯繫在一起呢？你會說，他不討她喜歡，還有，她得到公爵的供養，生活闊氣得很，如果她想找另外的情人，當然就很願意找一個叫她稱心如意的男人。那麼，為什麼她又不願愛英俊、聰明、有錢的加斯東，反倒喜歡她初次見面就覺得如此愚蠢可笑的我呢？

的確，有時候，一剎那間的巧合，會勝過一年的苦苦追求。在同桌吃飯的人當中，只有我看到她離席而感到不安。我追隨她而去，我激動得無法抑制，我含淚吻她的手。這種情形，加上她生病兩個月期間我每天的探訪，能夠讓她看到我跟她所認識的男人多少有點不一樣，也許她心裡會想，對於用這種方式表現出來的愛情，她又不是沒見過，太習以為常了，這種愛情她早就司空見慣了。

所有這些假設，就像你看到的那樣，都有相當大的可能性；但是，不管她的同意基於何種理由，有一件事是靠得住的，那便是她同意了。

如今，我已經和瑪格麗特相愛，我不能再向她要求什麼了。不過，儘管她是個風塵女子，但我以前總對這個愛情不抱什麼希望，也許把她太詩意化了一點，於是我越是接近這個不能再向她指望什麼的時刻，就越是疑慮重重。我一夜未合眼。

我心神不定，如痴如醉。有時候我覺得自己不夠英俊，不夠富裕，也不夠瀟灑，配不上這樣一個女人；有時候我一想到能擁有她，就又引以爲豪。接著，我開始擔心瑪格麗特不過是個水性楊花的女人，於是我對自己說，既然不久我們就得分開，那麼我晚上最好不到她家裡去，而是寫信給她說清楚我的疑慮，並且離開她。由這個想法，我又轉到無限的希望，無比的自信。我做了好些渺茫的未來的夢。我對自己說，這個女人將會由於我醫治好她肉體上和精神上的創傷，而對我感恩不盡；我要一生一世和她在一起，她的愛情要比人世間最純潔的愛情還令我感到幸福。

總之，我無法告訴你我當時的感受，千萬種思緒湧上心頭，縈繞在我的腦際。這些念頭困擾著我直至天明，直到我迷迷糊糊地人睡了，它們才在朦朧中消逝。

我醒來時已是下午兩點，天氣晴朗極了。我覺得人生從不曾這麼美好，這麼圓滿。自然而然地，昨夜的情景又清晰地浮現在我的腦海中，我同時樂滋滋地作著今晚的美夢。我的心不時地由於歡樂和愛情，在胸膛裡激烈地跳動。一種甜蜜的激情令我十分興奮。睡覺以前使我輾轉反側的那些念頭，我現在一概不去想了。我看到的只是愛情的結果，我一心想的又只是我見到瑪格麗特時的歡樂時刻。

我不可能再在家裡待下去了。我的房間似乎太小了，容納不下我滿滿的幸福。我要向整個大自然傾吐我的衷腸。

於是，我出了門。我走過昂坦街，看到瑪格麗特的雙座馬車等在她家門口。我向香榭麗舍大街走去。我喜愛一路上遇到的每一個行人。愛情把一切都變得那麼美好！

我在馬爾利石馬像和圓形廣場之間來回溜達了個把小時之後，遠遠地看到了瑪格麗特的馬車，與其說是認出來，還不如說是猜出來的。在香榭麗舍轉角上拐彎的時候，她叫馬車停下來，一個高個子的年輕人離開正在談話的人群，向瑪格麗特走了過去。他們談了一會兒，那個年輕人又回到他的朋友那裡去。拉車的馬又向前奔去，我走近那群人，一看便認出了那個跟瑪格麗特說話的人是G伯爵，我見過他的肖像，並且布呂丹絲曾向我指出，由於他，瑪格麗特才有今天的地位。這也就是昨晚瑪格麗特叫他吃閉門羹的那個人。我猜想她停住車子是要向他解釋昨晚擋駕的原因。我但願她同時找到了今晚又不能接待他的新藉口。

我眞弄不清這一天的其餘時間是怎麼過去的，我散步，吸煙，跟人聊天，但是我說了些什麼，遇到了些什麼人，到晚上十點時，我已經一點也記不起來了。

我記得的只是回到家裡，我花了三個小時裝扮自己，我看了我的鐘和錶至少有百來次，不幸的是它們都是走得一樣慢。

十點半鐘一響，我心想該去赴約了。

當時我住在普羅旺斯街，我沿著白朗峰街走，穿過林蔭大道，經過路易十四大街和馬洪港街，最後來到了昂坦街。我望了望瑪格麗特的窗戶，窗裡亮著燈光。我按了門鈴。我問看門人戈蒂耶小姐在不在家。他回答說，她從來不在十一點或十一點一刻以前回來。我又看了看我本來打算走慢一點的時間，而結果我從普羅旺街到瑪格麗特的住宅才花了五分鐘。

於是，我在這條街上徘徊起來，整條街上沒有一家商店，而這個時刻更是冷冷清清的半個小時以後，瑪格麗特回來了。她朝四面張望，像在尋找什麼人似的。馬車慢慢地走掉了，因爲馬房不在住宅裡。正當瑪格麗特去按門鈴的時候，我走上前去對她說：

「晚安！」

「啊，是你？」她對我說，帶著看到我並不怎麼高興的口氣。

「你不是答應過要我今天來拜訪你的嗎？」

「對，不過我已經把它給忘了。」

這樣一句話，把我早上的種種幻想、白天的種種希望，全都一掃而空。然而，我開始習慣她這種態度，我沒走掉，要是在過去，我肯定會這麼做。我們走進去。納尼娜已事先把門打開。

「布呂丹絲沒有回來？」瑪格麗特問道。

「沒有，小姐。」

「你去關照一下，讓她一回來就來見我。你先去把客廳裡的燈熄掉，如果有什麼人來，就說我還沒回來，而且今晚也不會回來了。」

這個女人好像有著什麼心事，也許對某個糾纏不休的人感到厭煩。我茫然不知所措，也不知道說什麼好。瑪格麗特朝她的臥室走去，我則木然不動地待在原處。

「來吧！」她對我說。

她脫掉帽子和天鵝絨外衣，把它們全部丟在床上，隨即頹然坐到火爐旁一張大扶手椅子裡，那火爐她吩咐一直要燒到夏天到來才停止。她一面玩弄錶鍊，一面對我說：

「好，你有什麼消息告訴我呀？」

「沒有，除了我今晚不該來之外。」

「爲什麼？」

「因爲你好像不太高興，毫無疑問的，是我叫你厭煩了。」

「你沒有叫我厭煩，是我自己病了感到不舒服。我一整天都很難受，我昨夜沒睡好，頭疼得很厲害。」

「那我就告辭吧，讓你上床休息，好不好？」

「啊！你可以留下來，如果我想睡，當著你的面我照樣可以睡。」

這時候有人按了門鈴。

「還有什麼人會來呀？」她做了個不耐煩的動作，說道。

過了片刻，鈴聲又響了。

「看來沒人去開門啦，只好我自己去開了。」

她果然站了起來，對我說：「你在這裡等我。」

她穿過幾間房間，我聽見前門打開的聲音。我靜靜地傾聽著。

來人進到飯廳便停住了。他一開口，我就聽出是年輕的N伯爵的聲音。

「你今晚好嗎？」他說。

「不好。」瑪格麗特生硬地回答。

「我是不是打擾到你了？」

「也許是吧。」

「你幹嘛用這種態度對我？我什麼地方對不起你啦，親愛的瑪格麗特。」

「親愛的朋友，你什麼地方也沒得罪我。是我病了，我得睡覺了，因此你行行好離開這兒吧。每晚，我回到家裡才五分鐘，就準會看到你上這兒來，簡直煩死我了。你想得到什麼呢？是想我做你的情婦嗎？那麼，我對你說過不只上百次了，這不可能。你只會讓我討厭罷了，你可以另打主意嘛。今天我再說一遍，也是最後一遍了：我不願和你有絲毫瓜葛，這是改變不了的。再見吧。瞧！納尼娜進來了，她會幫你照路的。晚安。」

瑪格麗特一句多餘的話也沒說，也不聽那年輕人結結巴巴的解釋，便回到房裡來，砰地一聲把門帶上，緊接著納尼娜推開門走了進來。

「你聽我說，」瑪格麗特叮囑她：「你以後對這個蠢貨就說我不在家，或者說我不願意見他。老是看到那些人來向我要求同樣的事，他們付了錢便自以爲是了，這些使我厭煩透了。如果那些要幹我們這種下賤勾當的人早知道這些情形，她們寧願去當女僕。但是我們沒有這樣做，要衣著、馬車、鑽石的虛榮心，使我們深陷泥沼而無法自拔。我們總是聽信別人的話，因爲賣笑也有它信念之類的東西。我們一點一點地毀壞了我們的心靈、我們的身體、我們的美貌。到頭來我們被人視爲洪水猛獸，竟成了受人鄙視的賤民，我們的周圍都是些貪得無厭、好占便宜的人。總有一天，在毀掉別人，同時也會毀掉自己，我們就會像狗一樣死在臭水溝裡。」

「好啦，好啦，小姐，請你寬寬心吧！」納尼娜說：「今晚你眞有點神經過敏。」

「這件長袍叫我很不舒服。」瑪格麗特解開胸衣的釦子：

「把晨衣給我。咦！布呂丹絲呢？」

「她還沒回來，不過她一回來，馬上就有人叫她到小姐這兒來的。」

「又一個這樣的人，」瑪格麗特脫去長袍，穿上白色的晨衣，繼續說：「又一個這樣的人，當她用得著我的時候，她倒知道來找我，但卻不會誠心誠意地幫我一點忙。她知道我在盼望這個回話，她知道我等得多焦急，可是我敢肯定她只顧自己樂去了，壓根兒沒把我的事放在心上。」

「說不定她被誰留住了呢！」

「給我們拿點潘趣酒來。」

「這對你的身體不會有好處，小姐。」納尼娜說。

「我就是喜歡這樣，再給我拿些水果、肉餡餅或是一支雞翅膀，不管什麼馬上拿來就行，我可是餓壞了。」

這個場面給我的印象，不用我多說你也猜得出來，是不是？

「你跟我一起吃晚飯，」她對我說：「我要到梳妝室去一下，你隨便拿本書看看吧。」

她點亮了分枝狀大燭台的蠟燭，推開床頭邊的門，進去了。

我呢，我開始思量這個可憐女子的生涯，在我對她的愛情上又平添了無限的憐憫之情。我在房間裡踱步和沉思時，布呂丹絲走了進來。

「啊，你在這兒？」她對我說：「瑪格麗特呢？」

「在梳妝室裡。」

「我等她好了。嘿，她覺得你挺可愛呢，你知道嗎？」

「不知道。」

「她沒有對你提起過此事？」

「一點兒也沒有。」

「你怎麼會在這兒？」

「我來看她呀！」

「半夜三更來看她？」

「有何不可？」

「你眞會說俏皮話啊！」

「但她實在並不歡迎我。」

「她很快就會好好待你的。」

「你眞這麼認爲？」

「我給她帶來了一個好消息。」

「那就不錯。這麼說，她對你談到我了嗎？」

「昨天晚上，不如說今天清晨，你和你的朋友離開以後……喂，你的朋友叫什麼啦？是叫加斯東吧？」

「是的。」我說。想起加斯東向我吐露的心裡話，又看到布呂丹絲連他的姓名都幾乎弄不清楚，不禁覺得好笑。

「這小伙子很可愛，他是幹什麼的？」

「他一年有兩萬五千法郎的收入。」

「啊！眞不錯！好啦，談談你的事吧，瑪格麗特向我打聽你的一切。她問我你是什麼人，做什麼事，有過那些情婦。一句話，凡是有關像你這樣年紀的男人的事她都問到了。我把我知道的全告訴她了。我還說到你是個可愛的小伙子，就這些話。」

「謝謝你，你現在告訴我她昨天託你辦的是什麼事。」

「沒什麼大不了的事，那是她叫我想辦法把N伯爵打發走，但是我今天確實有事要見她，我現在給她把話帶回來了。」

這時候，瑪格麗特從她的梳妝室走了出來，她戴上了一頂頑皮的睡帽，睡帽上裝飾著一束束黃緞帶，這種裝飾，內行人都稱爲「甘蘭式緞結」。她這打扮眞是迷人。她光著腳，拖著一雙緞子拖鞋，正在修剪指甲。

「喂！」她看見布呂丹絲，便問道：「你見到公爵沒有？」

「那還用說！」

「他說了些什麼？」

「他給我……」

「多少？」

「六千。」

「你帶來了嗎？」

「帶來了。」

「他是不是顯得不太高興？」

「沒有。」

「可憐的人！」

「可憐的人！」這句話，是用一種很難表達的口氣說出來的。

瑪格麗特接過六張一千法郎的鈔票。

「這錢來得正是時候，」她說。「親愛的布呂丹絲，你缺錢用嗎？」

「我的孩子，你知道再過兩天就是十五號了，如果你能借我三、四百法郎，就算幫了我的大忙啦！」

「明天早上送過去吧，現在太晚了，來不及把錢換開了。」

「可別忘了呀！」

「放心好了。你要不要跟我們一起吃晚飯？」

「不啦，查理還在家裡等我呢！」

「你還迷戀著他嗎？」

「迷戀得發瘋啦，親愛的！明天見。再見，阿芒。」

杜薇諾瓦太太走了。

瑪格麗特打開她的陳列架的抽屜，把鈔票丟到裡面。

「你允許我躺下嗎？」她微笑著，向床邊走去。

「我不但允許，而且還懇求你這樣做。」

她把蓋在床上的床單捲到一邊，睡了下來。

「現在，」她說：「坐到我身邊來，我們來談談。」

布呂丹絲說對了，她帶給瑪格麗特的回話讓她心情變好了。

「你能原諒我今天晚上的壞脾氣嗎？」她握住我的手問。

「我已準備好無論如何都可以原諒你。」

「你愛我嗎？」

「愛得都快發狂啦！」

「我的壞脾氣也沒關係？」

「沒關係。」

「你能發誓？」

「可以。」我低聲對她說。

這時候納尼娜進來了，她拿來幾個碟子，一隻冷雞，一瓶波爾多葡萄酒和一些草莓。

「我沒有吩咐他們給你調潘趣酒，」納尼娜說：「你喝波爾多紅酒是不是比較適合一些，先生？」

「當然囉！」我回答道，瑪格麗特最後幾句話仍舊令我感動不已，我雙眼凝視著她。

「好，」她說：「你把這些東西都放在小桌上，再把小桌移到床邊來就行，別的不麻煩你了。你一連三個晚上都熬夜，你一定很睏了，放心去睡吧，我再也不需要什麼了。」

「要不要把門鎖上？」

「當然要，特別要關照一聲，明天中午以前誰也別放進來。」

第十二章

清晨五點鐘，晨曦開始透過窗帘的時候，瑪格麗特對我說：

「請體諒我，我要打發你走了，這也是出於無奈。公爵每天早上都要來的。待會兒他來的時候，僕人們會告訴他說我還在睡，他也許會一直等到我醒來。」

我用手托起瑪格麗特的頭，她那鬆亂的柔髮向四面飄散開來。我給了她最後一吻，對她說：

「什麼時候可以再見到你？」

「聽我說，」她又說道：「你用那把放在壁爐上鍍金的小鑰匙去開那扇門，然後把鑰匙送回來再離開。今天你會收到我的一封信，也是我的命令，因爲你知道你必須無條件地服從。」

「是，如果我求你一件事呢？」

「什麼事？」

「請讓我保存這把鑰匙。」

「你求的這件事，我可從未答應過任何人。」

「那就答應我吧，因爲我向你發過誓，我愛你跟別人愛你是不一樣的。」

「那好，你就保存吧，不過終究我可以讓它對你毫無用處。」
「怎麼會呢？」
「門裡面還有一道暗鎖。」
「你眞壞！」
「我會叫人拿掉的。」
「這麼說來，你有點愛我囉？」
「我也不知是怎麼搞的，反正我覺得好像是這樣。現在你走吧，我眼睛都睜不開了。」
我又將她擁抱了一會兒，然後才離開。
街上空蕩蕩的，這座大城市尙在沉睡之中。此刻到處散發出賞心的清新氣息，儘管幾個小時以後就會人聲鼎沸。眼前，這個沉睡的城市彷彿全然屬於我。我在記憶中搜尋那些曾一度幸福得叫我羨慕不已的人的名字，結果我想不起有哪一個，如今會比我更幸福。
被一個純潔的少女所愛，第一個向她揭示愛的神秘，這確實是莫大的幸福，但這也是世界上再簡單不過的事情。征服一顆情竇初開的少女之心，無異於攻入一座不設防的城市。教育、責任感和家庭觀念，是些非常堅強的哨兵，但沒有什麼警惕性再強的哨兵不爲妙齡少女所騙過。大自然會通過她所愛的男人的聲音，對她做第一次愛的啓示，並且這種啓示會由於顯得十分純潔而變得益發誘人。

年輕的女子越是相信善良，就越容易委身於人，即使不委身於人，至少也會委身於愛情，因爲沒有了猜疑，她便沒有了力量，因此要贏得這樣少女的愛情，是所有廿五歲男人都可以唾手可得的一種勝利。請看年輕的女子受到何等的警戒和保護！可是，修道院沒有那麼高的牆，母親們沒有那麼堅實的鎖，宗教沒有那樣持續的戒律，能把所有這些可愛的鳥兒關在籠子裡，甚至連撒滿鮮花的籠子也不瞧一眼。她們是多麼嚮往那個她們一無所知的世界，必定是多麼強烈地受到那個世界的誘惑，必定是多麼樂意傾聽透過柵欄向她們訴說愛情秘密的最初聲音，她們也必定是虔誠地祝福第一次掀起神秘帷幕一角的那隻手。

然而，眞正地被一名風塵女子所愛，那才是個非常難得的勝利。在她們身上，肉體摧殘了靈魂，情欲燒毀了心靈，放蕩麻木了感情。我們對她們說的話，她們早已心中有數；我們使用的辦法，她們早已瞭若指掌；她們所製造出的愛情，早已被她當成商品賣出了。她們愛人是爲了賺錢，並非出於天生的感情。她們受到勢利的盤算的防範，要勝過一個母親或一個修道院對一個處女的防範。因此，她們還給那種偶爾不是買賣的愛情創造了一個詞語：逢場作戲。她們不時地也讓自己有這類的愛情發生，那只是當作休息的辯解和慰藉，就像那些敲詐成千上萬人的高利貸者，他們偶爾也會給某一個快餓死的可憐人一個金鎊，卻不要利息，也不要收據，滿以爲這樣做就完全可以贖罪了。

此外，當天主允許一個風塵女子愛人的時候，這種愛情起初好像是對她的一種寬恕，然而到頭來幾乎總是變成了對她的懲罰。天底下沒有不經過懺悔便可得到的寬恕。當一個由於以往的生活而受到譴責的女人，突然陷人一種深厚、真摯、無法抗拒的、她自認為不配的愛情，而且當她承認了這種愛情的時候，她就會被所愛的男人絕對地控制住了！

他感到有十足的權利對她說出這樣狠心的話來：「你的愛與其說是為了愛情，不如說是為了金錢！」這時候，她們不知道如何才能證明自己的真心實意。

寓言裡講過一段故事，有個孩子老是喜歡在野外玩膩了的時候，忽然高喊：「救命呀！狼來了！」來打擾那些幹活的人們尋開心；終於有一天，狼真的來了，當他真正喊救命時，反而沒人理會了。對這些開始真心誠意愛人的可憐姑娘來說，情況也是一樣。她們說謊的次數太多了，別人再不願意相信她們，她們也只好在愛情的悔恨之中毀掉自己。

如此，便產生出那些偉大的犧牲，和那些頗受人敬仰的毅然看破紅塵的苦行僧事例。

但是，如果有個男子喚醒了她們的愛情，而且又有一副高貴的靈魂，不計較過去而加以接受的時候，假若他沈溺於其中，也像被愛一樣地愛她；那麼，這個男子立刻就可以享盡人世間最美好、最熱烈的愛情，經歷這樣一種愛情以後，他便再也不會再愛別的什麼人了。

這些想法，我早上回家的時候並未想到，它們可能是我以後一些遭遇的預感而已。雖然我愛瑪格麗特，但卻沒法預見到這種後果。今天，我才有了這些想法，因為一切都已無可挽回地結束了，這些想法就自然而然地從往事中產生出來。

現在，再回到我們的「關係」的第一天來吧。當我回到家的時候，我欣喜若狂。我一想到我和瑪格麗特已經心心相印，想到她已經屬於我，想到我在她心目中所占的地位，想到她房間的鑰匙就在我的衣袋裡，我還有權利使用這把鑰匙的時候，我感到人生的快意，我躊躇滿志，我讚美讓我得到這一切的天主。

某天，一個年輕人走在街上，跟一個女人擦肩而過，他看了她一眼，便轉身繼續走他的路。他不認識這個女人，她有她的歡樂、憂愁、愛情，這些都跟他毫無關係。他對她來說也是不存在的，即使他對她說話，也許她只會嘲笑他，就像瑪格麗特嘲笑過我一樣。日子一週週、一月月、一年年地過去了，突然，一次偶然的機緣又使各奔東西的他們再度重逢。這個女人愛上了這個男人，成了他的情婦。不知這是怎麼搞的？也不知道爲什麼會這個樣子？他們兩人從此難捨難分，形影不離。他們才剛開始了解，但他們的愛情卻彷彿早已由來已久，對他們來說，以前的種種有如昨日已死。這眞是件稀奇的事，我們應得承認。

至於我，再也不會去想這一夜之前是怎樣生活過來的了。一想起這第一夜裡的綿綿情話，我整個身心就按捺不住要高興、飛揚起來。也許瑪格麗特善於騙人，也許她給我的是那種初次接吻後突發的激情，這種激情常常是突如其來，又會馬上消失的。

我越想就越覺得，瑪格麗特沒有任何理由要在愛情上弄虛作假。我也感到女人有兩種愛人的方式，它們能互爲因果：通過心靈，或者通過感官。通常，一個女人愛上一個男人，只是聽從她感官的主使，結果她出乎意料之外懂得了超肉欲的愛情的神秘，從此只依靠心靈過活；又時常，一個少女曾在婚姻裡只尋求雙方純潔愛情的結合，卻感受到了肉體愛情的突然啓示，那是心靈最純潔感受的強有力的結果。

我這樣想著想著就睡著了。我被喚醒後見到了瑪格麗特的一封來信，信中如此寫道——

這是我的命令：今晚在沃德維爾劇院會面。請在第三次幕間休息時來。M • G

我把這信擺到抽屜裡，以便有什麼懷疑的時候，手頭上能有個實在的東西作證，因爲我是個疑心病很重的人。

她沒有要我白天去看她，我便不敢貿然上她家去，但我又十分渴望在晚上以前能見到她，於是我就去香榭麗舍大街，在那兒，我看到她驅車過去又回來，就像昨天那個樣子。

七點鐘時，我已經在沃德維爾劇院裡了。我從未這麼早就進了劇院。包廂一個接一個的都坐滿了，只有台前的那一個還空著。在第三幕開始的時候，我聽見那個我一直盯著的包廂的門打開的聲音，瑪格麗特出現了。她立刻走到包廂前面，在正廳前座裡四下張望起來，找到了我，便用目光向我表示謝意。

這天晚上她眞是美得出奇，一身嬌艷的打扮是爲了我嗎？難道她已愛我到此種地步，竟深信她打扮得越漂亮，我就越感到幸福？對於這點我尚不確定。但是，如果這就是她的意圖的話，那她是如願以償了，因爲她一出現，所有在場人士都立刻轉過頭去看她，連舞台上的演員也對著她看過去，想了解到底是什麼人一露面，就使得全場觀衆如此傾慕。

而我卻帶有這個女人房間的鑰匙，用不了三或四個小時，她就要歸我所有了。人們指責那些被女戲子和風塵女子給弄得傾家蕩產的人，而叫我感到驚奇的卻是那些人沒有做出荒唐二十倍的蠢事來。人們應該像我一樣過上這種生活，方可懂得她們每天都讓她們的情人各式各樣的虛榮心得到滿足，只有這樣才能把他們對她們的這種愛情（除了「愛情」沒有別的字眼可表達這種關係）牢牢維繫住。

接著，布呂丹絲在那個包廂裡坐下來，隨後還有一個男人坐在後邊，我認得出那是G伯爵。看到他，我心頭一陣冰涼。

瑪格麗特無疑覺察到了這個男人出現在包廂裡對我產生的影響，因之她對我微笑了一下，然後把背轉向伯爵，做出全神貫注地看戲的樣子。在第三幕演完休息的時候，她才又轉過身去，說了一兩句話，伯爵就離開了包廂，然後瑪格麗特做手勢要我去看她。

「晚安！」我走去的時候，她對我說，並且向我伸出手來。

「晚安！」我對瑪格麗特和布呂丹絲打招呼。

「請坐。」

「那我可要占別人的位子了。G伯爵不回來了嗎？」

「要回來的，我打發他去買蜜餞，好讓我們能單獨談一談。在杜薇諾瓦太太面前倒沒有什麼不能說的。」

「是呀，孩子們，」杜薇諾瓦太太說：「你們儘管放心好了，我什麼也不會傳出去的。」

「你今晚怎麼啦？」說著瑪格麗特站了起來，走到包廂的陰暗處，吻了吻我的前額。

「我有點兒不舒服。」

「那你該回去睡一下。」她帶著嘲笑的神情說，那神情跟她嬌艷調皮的臉龐倒很相配。

「去什麼地方睡？」

「你家裡呀！」

「你很清楚我在自己家裡是睡不著的。」

「那你就不該來，也不要因爲看到有個男人在我的包廂裡便對我耍性子了。」

「不是因爲這事。」

「是這個原因，我知道。這你可弄錯了。好啦，我們不談這個了。你散場後到布呂丹絲家去，在那兒一直待到我來叫你，明白了嗎？」

「明白了。」

難道我能違抗嗎？

「你仍然愛我嗎？」她又說。

「這還用問！」

「你想我嗎？」

「整天都想。」

「你知不知道，我的確擔心會喜歡上你呢？你最好問問布呂丹絲。」

「是啊！」那個女人答道，「這眞是件大怪事！」

「現在你回到你的位子上去吧，伯爵要回來了，沒有必要讓他看見你在這兒。」

「爲什麼？」

「因爲你不高興見到他。」

「沒有的事！不過，如果你早告訴我今晚要來沃德維爾劇院看戲的話，我一定能像他一樣把這個包廂給你包下來。」

「不幸的是，我沒有向他要過，是他自己給我包下的，然後他請我陪他來。你很清楚，我不能拒絕。我唯一能夠做的，便是寫信告訴你我上哪兒，好讓你來看我，同時我自己也想見到你。但是，既然你如此這般地感謝我，我也就從中吸取教訓好了。」

「我錯了，原諒我吧！」

「這就好，立刻乖乖地回到你的位子上去，千萬別再吃醋了。」

她再一次吻了我，我便走了出來，在走廊裡我遇到正要回去包廂的伯爵。

我回到了我的座位上。

總之，G先生在瑪格麗特的包廂裡出現，是絲毫不足爲奇的。他曾經是她的情人，所以他送給她一張包廂票，陪她上劇院來，這一切都是極其自然的。既然我把瑪格麗特這樣的年輕女人當做情婦，那就得依著她的習慣。

儘管這麼想著，這天晚上剩下的時間裡，我總感到悶悶不樂，等看到布呂丹絲、伯爵和瑪格麗特坐上等在劇院門口的四輪馬車後，我才心灰意冷地走開了。

不過，一刻鐘以後，我還是去了布呂丹絲家，她也剛剛踏入家門。

第十三章

「我們前腳才剛進大門，你後腳就趕到了。」布呂丹絲說。

「是的，」我順口回答道。

「瑪格麗特在哪兒？」

「在她家裡。」

「一個人嗎？」

「和G先生在一起。」

我在客廳裡大步走來走去。

「喂，你怎麼啦？」

「你以爲我待在這兒等著G先生離開瑪格麗特家是件好玩的事嗎？」

「你眞是不通情理呵！你要知道瑪格麗特是不能對伯爵下逐客令的嘛！G先生和她是老交情了，他給過她很多錢花，現在還在給呢！瑪格麗特一年要花十多萬法郎，她已是債台高築了。雖然公爵對她有求必應，可是她也不敢一切都老向他伸手啊。你要她和伯爵鬧翻是行不通的，他一年至少給她萬把法郎呢！瑪格麗特很愛你，我親愛的朋友，可是你跟她的關係，不管爲她著想也好，爲你自己也好，都不應該那麼當眞。以你那一年七八千法郎的收入，是供不起那個姑娘揮霍的；這筆錢連維持她的馬車都不夠。請恰如其分地看待瑪格麗特吧，把她當成是一個聰明美麗的好姑娘，和她玩上一兩個月；送給她鮮花、蜜餞和包廂票；可是就不要再胡思亂想了，別再爲了她鬧出爭風吃醋的笑柄來。你很清楚你是在和誰交往。瑪格麗特並不是一個貞潔的女人。她喜歡你，你也喜歡她，別的你就不必介意了。看到你動不動就發火，我也感到吃驚！你有了全巴黎最迷人的情婦呢！她以了不起的方式接待你，她全身珠光寶石，除非你自己願意，否則她不會花你分文，而你尚不知足。我的年輕人，你的要求也太過分了。」

「你的話有道理，但我卻受不了，一想到這人是她的情人，我就有說不出的難受。」

「首先，」布呂丹絲又說道：

「我問你他現在還是她的情人嗎？他現在不過是一個她用得著的人罷了。她不讓他進門已有整整兩天；他今天早上來了，她只好接受他的包廂票，答應陪他去看戲。他又把她送回來，到了家門口總得進去坐一會兒吧，他不會留得很久的，因爲有你等在這兒呢！在我看來，這一切都是合情合理的。再說，你對公爵的事，你不是也接受下來了啊！」

「是呀，可是他是個老頭兒，我信得過瑪格麗特不會是他的情婦。而且，人們一般能忍受一樁私情已不容易，哪裡容忍得了兩樁呢？再說，行這種方便確實無異是在撥弄如意算盤，它使得即便爲了愛情而同意這樣做的男人，跟那些在下層社以此默許做買賣，而從中謀利的人便沒有絲毫差別了。」

「啊！親愛的，你眞是個老古板！我見過不知多少人，而且都是些門第很高貴，最風雅、最有錢的人，他們隨時都願意做我勸你做的事，他們都覺得並不爲難，用不著害躁，大可問心無愧！這有什麼呢，都是司空見慣的事了。

「你想想巴黎交際界中的女人，如果她們不是同時有三四個情人，怎麼能維持她們那種排場的生活？不管多大的一筆財產，都無法獨力支持得了一個像瑪格麗特那樣的女人的揮霍。一筆有五十萬法郎年收入的財產，在法國已是很可觀的了，可是，我親愛的朋友，五十萬法郎的收入還是不夠開銷的，理由是：一個有這樣大一筆收入的人，總得有一座華麗的房子，幾匹馬和幾輛車子；還要高朋滿座，還要打打獵；而這種人，一般來說都是結過婚，有了孩子的；他參加賽馬，他賭博，他旅行；還有我說也說不清的各種開銷。所有這些習俗都成了他地位的組成部分，如果放棄了，就會被當成是破了產，而引起種種非議。七折八扣，從他一年五十萬法郎的收入裡，他一年只能給一個女人四五萬法郎，這個數目已經不小了。

「所以，這個女人就需要有別的情人來補足她一年的開銷。至於瑪格麗特呢，情況可順當多了，眞是老天爺開恩，她竟偶然遇到一個家財萬貫的老頭兒，他的老婆女兒全去世了，只有幾個侄子，他們自己也很有錢，所以他對她可說是有求必應，從不講條件，不過她一年頂多只能向他要七萬法郎。我敢說，儘管他家底厚又是那麼喜歡她，但她若再多伸手一點，他也會拒絕的。

「在巴黎，那些只有兩三萬法郎年收入的年輕人，也就是經濟上僅僅夠他們在社交界混遊的年輕人都很清楚，當他們成了像瑪格麗特那種女人的情人的時候，他們給的錢連付她的房租和僕人的費用都不夠。他們並不會對她明說，他們十分清楚這種情況，他們只視而不見，裝聾作啞，玩夠了便一走了之。如果他們顧惜面子，要支付一切費用，那就會像個傻瓜似的落得個身敗名裂的下場，在巴黎留下十萬法郎的債務，然後逃到非洲去送掉性命了事。

「然後，你以為那個女人會因此而感激他們嗎？正相反，她還會說，為了他們她犧牲了她的地位，還會說她跟他們往來的時候，她還倒貼了許多錢財。啊！你覺得這些情節都很可憎，是不是？但它們都是實實在在的。你是一個可愛的小伙子，我非常喜歡你，我在這些女人當中混了將近二十年，我知道她們都是些什麼人，身價有多高，因此我不願看到你把一個漂亮女孩的逢場作戲看得過於認真了。」

「此外，」布呂丹絲繼續滔滔不絕地說下去：

「就算瑪格麗特愛你到這種程度，萬一伯爵或公爵發現了你和她的關係，要她在你和他們之間進行選擇，就算她能摒棄他們，而她為你做的犧牲多麼巨大，這是不容置疑的。在你這方面，你能為她做出什麼樣同等的犧牲呢？你玩得厭倦以後，你能做些什麼來彌補你對她所造成的傷害呢？你絲毫無能為力。你必定會把她從她的財產和前途所緊密聯繫著的生活圈子隔開了，她會把她最美好的年華給了你，然後被你遺忘得一乾二淨。或者，你與普通的男人並沒什麼兩樣，到時把她的過去通通挖了出來，在扔下她時還會說，你這麼做也不過是和別人做同樣的事罷了，這樣你肯定會使她抱恨終身。或者，你是個有良心的人，會義不容辭地要把她留在身邊，那你自己就會不可避免地招致不幸，因爲這種私情，對於年輕人尙情有可原，對成年人則變得不可饒恕了。她成了你各方的障礙，她不允許你成家立業，而成家立業才是一般男人第二次的和最後的愛的歸宿。相信我的話吧，我的朋友，凡事都要有個分寸，絕不要讓一個妓女成爲你的債權人，任憑她隨意擺布才好。」

她這番勸說是那樣人情入理，合乎邏輯，完全出乎我的意料之外。除了承認布呂丹絲是對的之外，我無話可答。我緊握她的手，感謝她給我的忠告。

「好啦，好啦，」她對我說：「我不再搬弄這些無聊的大道理了。把一切不愉快都付之一笑吧，人生是美好的，我的朋友，這要看你用什麼態度去看待它。喏，去問問你的朋友加斯東吧，在我看來，他像我一樣懂得愛情。除非你是個傻瓜，否則你就懂得那邊有個漂亮的女孩，正迫不及待地等著她家裡的那個人走掉，她想念你，她要留你過夜，我毫不懷疑她愛上了你。現在，你過來跟我一起到窗口去，讓我們看伯爵走開，他很快就會讓你盡情地去享受了。」

布呂丹絲打開窗戶，我們並排倚在陽台上。她看著寥寥的行人，我在沉思。她對我說的這番話，弄得我心亂如麻，我沒法不承認她的話有道理，可是我又很難把我對瑪格麗特的一片眞情和她講的這番大道理協調起來。所以我不時嘆氣，使得布呂丹絲回過頭來，聳聳肩膀，活像一個面對病人而感到無能爲力的醫生。

「由於激情的感受那麼迅速，」我心想：「人們才體會到生命該是多麼短暫！我認識瑪格麗特不過兩天，她從昨天起才成爲我的情婦，然而她卻已經完完全全占據了我的思想、我的心靈和我的生命，以致於G伯爵的來訪竟成了我天大的不幸。」

伯爵終於出來，坐上馬車走了。布呂丹絲關上窗戶。

就在這個時候，瑪格麗特叫我們了。

「快來呀，飯桌準備好了，」她說，「我們用晚餐吧。」

當我們走進她家的時候，瑪格麗特朝我跑過來，摟住我，使勁地擁抱我。

「我們還要繃著臉嗎？」她問我。

「不，這都是過去的事了。」布呂丹絲搶著回答說：「我已經開導了他一番，他答應放明白點了。」

「好極了！」

我忍不住瞄了一下床鋪，床上沒有「弄亂」。

而瑪格麗特呢，她已經換上了一件白色的晨衣。

我們在飯桌前坐下。

嬌媚、溫柔、純眞，瑪格麗特全具備了，我不得不承認我沒有權利再向她要求什麼了；許多人如果處在我的地位都會感到幸福，我像羅馬作家維吉爾描寫的牧羊人一樣，只消享受一位天仙或者不如說是一位女神賜給我的歡樂就行了。

我試著照布呂丹絲的理論去做，要像她們兩人一樣快活，但是這在她們身上顯得很自然的事，我做起來就十分費勁，因之我那種強顏的歡笑，她們不懂其中底細，便信以爲眞的，卻弄得我都快落淚了。

晚飯終於吃完，我又單獨和瑪格麗特在一起了。她一如平日的習慣，坐在壁爐旁的地毯上，神情憂鬱地望著爐火。她在想什麼呢？我不知道。至於我，我卻望著她，想到我準備爲她忍受的一切，此時的心情既含愛慕又有恐懼。

「你知道我在想什麼嗎？」

「不知道。」

「我在思考一個我剛想到的主意。」

「什麼主意？」

「現在還不能告訴你，但我可以告訴你結果會怎麼樣。結果是一個月後我就自由了，我什麼也不再拖欠，我們可以放心到鄉下去過夏天了。」

「你不能告訴我是用什麼辦法嗎？」

「不能，只要你愛我像我愛你一樣，那麼一切都會順利。」

「是你一個人想出來的主意？」

「是。」

「也是由你一個人去執行這個主意嗎？」

「完全是由我來處理的！」說著瑪格麗特向我笑了一笑，這個微笑我永遠也不會忘記，「可是，由我們兩人來分享好處。」

聽到「好處」這兩個字，我禁不住臉紅了；我想到了曼儂．雷斯戈和德里歐一同享用B先生的錢的那個情節。

我站起身來，用生硬的語調回答道：

「我親愛的瑪格麗特，你一定要允許我只享受我自己想出來的，和我自己執行的計劃所帶來的好處。」

「這是什麼意思？」

「意思是，我非常懷疑是G伯爵和你一道想出這個好主意，我既不能承擔它的責任，也不能接受它的好處。」

「你眞是個孩子！我原以爲你愛我，而我卻弄錯了，那好吧。」

說完，她站了起來，打開她的琴蓋，開始彈那首〈請跳華爾滋〉，一直彈到她總是彈不下去的那一節。我不知道這是出自習慣，還是爲了令我想起我們初次相識的日子？我能知道的是，這個曲調果然喚起了我美好的回憶，我向她走過去，用手抱住她的頭，吻她的前額。

「你原諒我了嗎？」我對她說。

「你看得出我已經原諒你了，」她回答我說：「可是你要注意，我們認識才兩天，你就已經有事要我原諒你了，你就是這樣遵守無條件服從的諾言嗎？」

「我有什麼辦法呢，瑪格麗特？我太愛你了，我對你任何一點想法都會猜疑。你剛才向我提出的建議叫我欣喜若狂，可是，執行這個計劃的那種鬼鬼祟祟的做法，又叫我心裡非常難受。」

「那好，讓我們把道理說清楚，」她握住我的雙手，帶著一種令我無法抗拒的迷人微笑望著我，說道：「你愛我，是不是？你高興和我兩個人去鄉下過上三四個月，對嗎？我也一樣，我對只有我們兩人單獨過的那種清靜的生活也很喜歡，我不僅是因爲這個才高興，而且這也是我健康的一種需要。不把我的事情安排妥當我是不能離開巴黎這麼長一段時間的，而像我這樣一個女人的事情總是雜亂得很；可是，我已經找到法子來安排好一切，安排好我錢財方面的事務和我對你的愛情，是呀，對你的愛情，你別笑呀，我眞的傻到愛上了你這樣的人！可是你呢，卻神氣十足，滿嘴的正經話。你眞是個孩子，比孩子還孩子氣的孩子，你只要記住我愛你就夠了，別的就不用操心了。……怎麼樣，同意了吧？」

「凡是你希望的我都會同意，這你很清楚。」

「那麼，不出一個月，我們便要置身於某一個小村子裡了，我們將在河邊漫步，喝鮮牛奶。我，瑪格麗特·戈蒂耶這樣說，你可能覺得奇怪吧？這是因爲，朋友，這種好像能讓我很幸福的巴黎的生活，一旦沒能燃起我的激情，就會叫我厭倦，因而我突然嚮往一種能喚起我童年記憶的比較平靜的生活。每個人都有他的童年，不管他日後落得什麼樣子。啊！你儘管放心，我不會跟你說我是一個退役上校的女兒，或者說我在聖·德尼受過教育。我是一個鄉下窮姑娘，六年以前我連自己的名字都不會寫。你現在放心了吧，是不是？爲什麼你是我提出分享我所渴望的歡樂的第一人呢？我想是因爲我感到你之所以愛我，純粹是爲了我，而不是爲了你自己，而別的人卻從來都只是爲了他們自己才愛我的。

「我曾經常到鄉下去，不過從來都不是自願去的。什你的身上，我指望那種容易給予的幸福，請別對我這麼狠心，答應我吧。你要對自己說：『她活不長了，有朝一日我會由於沒有答應她要求我做的第一件事而悔恨，而這件事竟是那樣的輕而易舉。』」

對這樣的話，我能說什麼呢，尤其是在回憶起第一夜的恩愛，又在期待第二夜的時候？

一小時後，我已把瑪格麗特抱在懷裡了，那時她若要我去犯罪，我也會唯命是從的。

早上六點鐘的時候，我離開了，離開之前我對她說：「晚上見！」

她更加熱烈地吻我，可是沒有回答我的話。

白天，我接到一張字條，上面寫著：

「親愛的孩子，我有點不舒服，醫生囑咐我要多休息。我今晚要早點睡，就不跟你見面了。不過，為了補償，我明天中午等你。我愛你。」

我第一個念頭就是：她在騙我！

我的額頭上冷汗直冒，因為我已經深深地愛上這個女子，這個猜疑不能不使我極度不安。然而，我應該料得到，只要跟瑪格麗特在一起，這種事幾乎天天都是難以避免的。過去，我跟別的情婦在一起，也常常發生這種事，可是那時候我卻一點都不放在心上。現在，這個女人怎麼對我的生活就會有這麼大的支配力呢？

這時候我想到了，既然我有她臥室的鑰匙，就可以像平時一樣去她那裡。如此一來，我便能很快弄清事情眞相，如果我發現那兒有男人，那我就非叫他吃耳光不可。

然後，我到香榭麗舍大街去，在那兒待了四個小時。她沒有露面。晚上，我跑遍了她常去的劇院，結果也都不見她的蹤影。

十一點鐘，我到了昂坦街。瑪格麗特家的窗子裡沒有一點亮光。可是我還是按了門鈴。看門人問我上哪裡去。

「上戈蒂耶小姐家。」我對他說。

「她還沒有回來。」

「我上去等她。」

「她家裡一個人也沒有。」

顯然這是一種「拒絕入內」的托詞，當然我是可以進去，因爲我有鑰匙，不過我又怕會鬧出笑話來，所以就離開了。可是，我沒有回家，我離不開那條街，眼睛一直盯著瑪格麗特的房子。我似乎還有什麼事要了解清楚，或者，起碼我的猜疑也要得到證實。

將近午夜的時候，一輛我很熟悉的雙座轎式馬車在九號門前停了下來。G伯爵走下馬車，把車子打發走了以後，便走進屋裡去。

曾有一段時間，我巴望別人也會像我一樣對他說瑪格麗特不在家，我巴望也會看到他走出來；可是一直到第二天清晨四點鐘，我還在失望地等著。

這三個星期以來，我所忍受的極度的痛苦下煎熬，不過如果與那一夜所受的痛苦相比，就不值得一提了。

第十四章

我回到家裡，像個孩子般嗚嗚地哭了起來。任何一個男人，只要受過一次女人的騙，就會懂得我所受的痛苦的。

我怒火中燒，再也不顧一切了，心想我應該立刻和這種愛情一刀兩斷，我焦急地等待天明，好即刻動身回到我父親和我妹妹的身邊，他們的愛至少可以讓我深信不移，深信它絕不會是一種虛情假意。

不過，我不願意不明不白地就離開瑪格麗特，只有對他的情婦心灰意冷的男人，才會不留下片紙隻字就一走了之。我反反覆覆地思考了這封絕交信的腹稿。我的她本來是跟所有的妓女並沒什麼兩樣，只是一直太美化她了。她則把我當作一個小學生，爲了欺騙我，玩弄了明目張膽的詭計，眞是氣人。一氣之下，我的自尊心再不肯饒人，我必須離開這個女人，而且不能讓她沾沾自喜地得知她對我造成的痛苦。於是我用端端正正的字體，灑著憤怒和痛苦的眼淚，給她寫了下面一封信——

親愛的瑪格麗特：

我希望你昨天的不舒服並不太嚴重。我晚上十一點的時候去探聽過你的消息，得到的回答是你還沒回來。G先生比我幸運，因爲在我走後沒多久他就來了，而且直到第二天清晨四點鐘時，還沒有離開。

請原諒我曾經讓你度過那麼令你厭煩的那幾個小時，但你也可以相信，我卻永遠忘不了你賜給我的幸福時刻。

我本該今天再去打聽你的消息，可是我要回到我父親那兒去了。

再見吧，我親愛的瑪格麗特，我既不富得能讓我隨心所欲地愛你，也沒有窮得能讓你在愛情上隨心所欲地擺布我。讓我們都忘掉這一切吧，你呢，忘掉一個對你必定是無足輕重的名字，而我呢，忘掉一樁再不可奢望的幸福。

我把你的鑰匙奉還給你，這鑰匙我從未用過。如果你經常像昨天那樣不舒服的話，它對你會是很有用的。

你應看得出來，我忍不住又在這封信的末尾添上了一句極端無禮的挖苦話，足見得我依舊是多麼愛她。我把這封信反覆地念了十來遍，想到這封信會叫瑪格麗特痛苦，我就稍微平靜了一些。我竭力使自己穩住信裡假裝出來的骨氣。八點鐘的時候，我的僕人到我這兒來了，我把信交給他，叫他立刻就送去。

「要等回信嗎？」約瑟夫問我。（我的僕人和所有的僕人一樣也叫約瑟夫）

「假使有人問你要不要回信，你就說你不知道，你等在那兒好了。」

我非常盼望她會給我回信。我們都是些多麼軟弱可憐的人！在我僕人去送信的時間裡，我焦急不安的心情達到了頂點。有時候，我想到瑪格麗特委身於我的前前後後，我便捫心自問我有什麼權利寫這樣一封蠻橫無禮的信給她呢？她滿可以回答我，不是G先生欺騙了我，而是我欺騙了G先生，不少情人衆多的女人都是用這個藉口爲自己開脫的。有時候，我又想到這個女孩的諾言，我就極力讓自己相信，我的信還是太溫和了，裡面沒有夠厲害的言詞，足以嚴懲這個敢於嘲弄像我這種眞誠愛情的女人。接著，我又想，我最好是不寫信給她，而是上她家去看她，這樣我就可以快意地看到她會落淚。末了，我思量著她會怎樣回答我呢；其實，我已經作好準備相信她對我講的任何開脫之詞了。

約瑟夫回來了。「怎麼樣？」我問他。

「先生，」他回答我說：「小姐還沒起床，還在睡覺，但只要她一拉鈴，信就會交給她，如果有回信的話，也會送來的。」

她居然還在睡大覺！有多少次我險些差人去把那封信拿回來，可是每次總是對自己說：

「說不定信已經到了她的手上，我這麼做不就表明我已後悔了。」

越是接近她很可能給我回信的時刻，我就越是後悔不已。十點，十一點，十一點半都敲過了。十二點的時候，我幾乎要裝做若無其事地去赴約了。到頭來，我尚不知道有什麼辦法好從這種緊緊包圍著我的難忍困境中掙脫出來。

這時，我懷著那種在等人時常有的迷信心理，以爲只要出去一會兒，回來就會看到回信的。於是我藉口吃午飯而出了門。我一反常規沒有到林蔭大道拐角處的伏瓦咖啡館去吃午飯，卻寧願穿過昂坦街，到王宮廣場去。每當我老遠看到一個女子的時候，就以爲是納尼娜給我送回信來了。我走過了昂坦街，卻連一個送信的人也沒遇到。我來到王宮廣場，走進了維利飯店。侍者給我東西吃，或者更確切地說，給我端來了他想要我吃的東西，因爲我壓根兒沒有吃。我的眼睛不由自主地一直盯著時鐘。飯後我便又回家，抱著就要看到瑪格麗特來信的念頭。

看門人什麼也沒有收到。我仍然把希望寄託在我的僕人身上。

而他自從我出去以後，也沒有看見過一個人。

如果瑪格麗特打算回我的信的話，她早該寫了。

於是，我開始對信件的措詞感到後悔；我本該完全保持沉默，這麼做肯定會引起她的疑慮。因爲，她看到我沒有按照前一天約好的時間赴約，就會詢問我爲何爽約，那時候我才該把原因告訴她。如此，她只好爲自己辯解，而我所希望的，正是要她爲自己辯解。我已經認定，不論她現在對我提出何等推托的理由，我都會相信，因爲，沒有什麼比不能再見到她更糟的了。

最後，我又以爲她會親自來看我，但是一小時一小時地過去了，而她並沒有來。

瑪格麗特眞是一個異乎尋常的女人，因爲女人接到像我早上寫的那樣的信，竟然會不動聲色的，實在是少見。五點鐘的時候，我趕到香榭麗舍大街去。心想，如果我遇到了她，就裝出一副滿不在乎的神情，她定會相信我已經不再想她了。

在皇家街的拐角上，我看見她乘著馬車經過。這次相遇是如此突然，我的臉變得刷白。我不知道她有沒有看到我手足無措的樣子，我呢，慌張到只看見她的車子。

我沒有再沿著香榭麗舍大街走下去。我瀏覽著各劇院的廣告，因之我還有一個見到她的機會。皇官劇院有一場首次演出。瑪格麗特必定會到場。我七點鐘就到了劇院。包廂一個接著一個全都滿座了，可是瑪格麗特竟沒有出現。於是我離開了皇宮劇院，跑遍了她常去的所有劇院：伏德維爾劇院，瓦麗愛丹劇院，喜劇歌劇院都去了，到處都看不到她的蹤影。

要嘛是我的信讓她萬分痛苦，使她沒有心情來看戲。要嘛是她怕碰到我，好免去一番口舌。這就是我走在林蔭大道上的時候，出自虛榮心的想法。

就在這時候，我遇到了加斯東，他問我從哪兒來。

「從皇宮劇院。」

「我從歌劇院來。」他對我說。「我原以爲會在那兒看到你。」

「爲什麼？」

「因爲瑪格麗特在那兒。」

「她在那兒？」

「是呀！」

「一個人？」

「不，還有她的一個女朋友。」

「還有呢？」

「G伯爵到她的包廂裡去了一會兒，可是她是和公爵一起走的。我時時刻刻都在盼你來。我旁邊的座位空了一整晚，我曾以爲是你訂下的。」

「爲什麼瑪格麗特上哪兒，我也非得上哪兒去不可呢？」

「因爲你是她的情人呀，沒錯吧！」

「誰告訴你的？」

「布呂丹絲，我昨天遇到了她。親愛的，我祝賀你，這可是一個並非人人能有機會弄到手的漂亮情婦哪！別讓她溜掉了，她會給你臉上增添光彩的。」

加斯東這些單純的看法，使我覺得我那種疑神疑鬼的念頭有多可笑。如果我昨天遇到他，聽他說過這樣的話，我肯定不會寫早上那封愚蠢的信了。

我幾乎想上布呂丹絲那兒去，求她去轉告瑪格麗特，我想和她談談；可是我擔心她出於報復會回答說不能接待我，於是我又穿過昂坦街回到家裡。我又問看門人有沒有我的信。沒有！我上床睡覺的時候想道：她大概想看看我是不是還有什麼新的舉動，會不會收回我今早的信。但是，她看到我不再給她去信，明天就會寫信給我的。

那天晚上，我特別對自己所作所爲感到後悔莫及。我孤單一人，睡也睡不著，不安和嫉妒吞沒了我，當初若聽其自然的話，此刻本該依偎在瑪格麗特的身邊，聽著她那綿綿的情話，這些話我只聽過兩次，在我眼前孤寂的時刻，它們會令我耳熱心跳。

在我眼前的處境中，最可怕的是，經過左思右想，一切都是我的不好。的確，每件事都表明瑪格麗特是愛我的。首先，是這個要和我單獨在鄉下避暑的建議；其次，是這個她沒有理由要做我的情婦的確鑿事實。

我的財產不能滿足她的需要，連支付她一時心血來潮想用的零花也不夠。因此，她所盼望的只不過在我這兒找到一份眞誠的感情，可以讓她擺脫掉那種買賣愛情的生活，從而得到休息；而我第二天就讓她的希望破滅了。她兩夜的愛情只換來無禮的嘲笑。因此，我的所作所爲不僅僅可笑，而且太粗野。我連一毛錢都沒有付過，有什麼權利指責她的生活？我第二天就撇開她，豈不像是個害怕爲筵席付帳的食客嗎？什麼話！我認識瑪格麗特才三十六個小時，我成爲她的情人才二十四個小時，我就跟她嘔氣了；我不但不領受她盡可能分給我的幸福，還想獨個兒占有一切，強迫她跟過去的關係一下子一刀兩斷，而這些關係卻是她今後生活的來源。我憑什麼指責她呢？

一點憑據也沒有。她本來可以學某些女人那種赤裸裸的態度，絲毫不留情面地對我說，她要接待一個情人；可是她沒有這樣做，卻寫信告訴我她不舒服，而我沒有相信她信裡的話，我不肯到巴黎其他街道上去溜達，卻偏偏非跑到昂坦街來不可，我沒有和朋友們一起消磨這個夜晚，第二天再按她指定的時間上她那兒去，卻充當起奧賽羅的疑心病來，窺探她的行動，自以爲不再去看她算是對她的懲罰。可是，適得其反，她準會出於這種分離而感到說不出的高興，她必定已發覺我是無比愚蠢，她的沉默並不是一種怨恨，而是一種藐視。

我本可以送瑪格麗特一件禮物，好讓她對我的慷慨大方不致有所懷疑，同時也好讓我感到對她正像對待一個妓女一樣公平合理地做到了銀貨兩訖；但是，我又認爲這樣做就會讓我感到蒙受恥辱，這種買賣現象即使不會辱沒她對我的愛情，至少也會辱沒我對她的愛情，因爲這種愛情是這樣純眞，它絕不容許他人分享，更不能用一件禮物（不管它有多貴重）去償付它所帶來的幸福，雖然這種幸福是那樣的短暫。

以上就是我整夜翻來覆去所想到的，也是我隨時都準備去對瑪格麗特說的。天已破曉，而我尚未入睡。我在發燒，除了瑪格麗特，別的什麼也不可能想了。

你可以想得到，我得採取毅然決然的行動；要嘛和這女人一刀兩斷，要嘛堅決不再疑神疑鬼，如果她還同意接待我的話。可是，你也很清楚，一個人要採取果斷行動的時候，總是遲疑不決的。既然我無法在家裡待下去，又不敢上瑪格麗特家裡去，因此就採用一種繞彎子接近她的方法。這方法如果能成功，能碰見瑪格麗特，我也可以推說是一種巧合，這樣就保存了我的面子。

當時才九點鐘，我匆忙趕到布呂丹絲家，她問我一早光臨有何貴幹。我不敢直說，我回答她說我這麼早出門，是想去訂一個到C城去的驛車座位，我的父親就住在C城。

「你運氣眞好！」她對我說，「能夠碰上這樣好的天氣離開巴黎。」

我望著布呂丹絲，心想她是不是在嘲笑我。可是她臉上卻一本正經的樣子。

「你想去向瑪格麗特辭行嗎？」她依舊嚴肅地對我說。

「不啦！」

「你做得對。」

「你眞這麼認爲嗎？」

「當然囉！既然你們已經鬧翻了，再去見她又有什麼必要呢？」

「你知道我們鬧翻了？」

「她把你的信給我看了。」

「她對你說什麼啦？」

「她對我說：『親愛的布呂丹絲，受你保護的那個人眞沒禮貌。這樣的信在心裡想想已經不好，哪能又把它寫出來呢！』」

「她是用什麼樣的口氣對你說的？」

「笑著說的。後來她又說：『他在我這兒吃了兩頓晚飯，他甚至還沒有登門道謝呢！』」

這就是我的信和我的嫉妒所產生的結果。我的虛榮心在愛情上受到了可怕的侮辱。

「她昨天晚上在做什麼？」

「上歌劇院去了。」

「這我知道。後來呢？」

「她在家裡吃晚飯。」

「一個人嗎？」

「我想，是和G伯爵在一起。」

如此說來，我的決裂絲毫也沒有改變瑪格麗特的習慣。遇到這種情況，一些人就會有理由對你說：別再想這個女人，她心中壓根兒沒有你了。

「好吧，我很高興知道瑪格麗特沒有為我而傷心。」我說完，苦笑了一下。

「她不為你傷心也自有道理。你做了你該做的事，你比她理智得多了，因為這個女孩倒眞正地愛上了你，她老是談到你，她什麼荒唐的事都可能做得出來。」

「既然她愛上了我，為什麼不給我回信呢？」

「因為她已明白過來，她愛你是愛錯人了。女人有時候能容忍別人在愛情上欺騙她們，但不允許別人傷害她們的自尊心。一個人做了她兩天的情人就撇開她，不管這種決裂有天大的理由，總是會傷害一個女人的自尊心的。我了解瑪格麗特，她寧死也不願給你回信。」

「那我該怎麼辦？」

「毫無辦法了。這樣一來她會忘記你，你也會忘記她，彼此都沒有什麼好埋怨的了。」

「若是我寫信給她請求寬恕呢？」

「別這樣，她會原諒你的。」

我眞想猛然摟住布呂丹絲的脖子感激她一下。

一刻鐘之後，我回到家裡，又給瑪格麗特寫了一封信：

有一個人對他昨天寫的那封信感到後悔了，要是你不能寬恕他，那他明天就要離開巴黎，他希望知道在什麼時候，他可以跪在你的面前訴說悔恨之情。

他什麼時候能單獨會到你？因爲，你也知道，懺悔的時候是不能有旁人在場的。

我摺好這首散文體的情詩，叫約瑟夫送去。他把信交給瑪格麗特本人，她告訴他，她過些時候會回信的。我只出門去草草地吃了頓飯，到晚上十一點鐘我還沒有收到回信。於是我再不能忍受這種痛苦，決定第二天就動身。由於下定了這個決心，我深知就算我躺到床上也會睡不著，便動手打點起行裝來了。

第十五章

約瑟夫和我開始爲我的動身做準備，約莫忙了一個小時，突然傳來了門鈴聲。

「要開門嗎？」約瑟夫對我說。

「去吧！」我一面對他說，一面心想誰會在這個時候來呢？

我萬萬沒有想到會是瑪格麗特。

「先生，」約瑟夫對我說：「來了兩位太太。」

「是我們，阿芒！」一個聲音在對我們叫嚷，我聽得出那是布呂丹絲的聲音。

我走出臥室。布呂丹絲站在客廳裡東張西望，瑪格麗特坐在沙發上沉思。我朝她走過去，跪了下來，握住她的雙手，滿懷激動地對她說：「請原諒我吧！」

她吻了我的前額，對我說：「這已經是我第三次原諒你了。」

「我本來明天就要動身的。」

「那麼，我的拜訪又怎能改變你的決定呢？我並不是來阻攔你離開巴黎的。我來，是因爲白天我實在沒有時間回你的信，而我又不願意讓你以爲我還在生你的氣。布呂丹絲也不讓我來呢，說是我也許會礙手礙腳的。」

「你，礙手礙腳，你，瑪格麗特！怎麼會呢？」

「當然會囉！你家裡可能有別的女人，」布呂丹絲說：

「她看到又來了兩個女人，這可不是好玩的。」

布呂丹絲發這麼一片怪論的時候，瑪格麗特全神貫注地望著我。

「我親愛的布呂丹絲，」我回答說：「你不知道你在胡說些什麼呢！」

「你的住宅多別致呀！」布呂丹絲繼續說：「能不能看看臥室？」

「可以。」

布呂丹絲走進我的臥室，她並不是眞要看我的房間，而是想彌補她剛才講的那些蠢話，好讓瑪格麗特和我單獨在一起。

「你幹嘛要帶布呂丹絲來？」我問她。

「因爲她和我一起去看戲，而且離開這兒的時候，我也想有個人陪著。」

「我不是可以陪你嗎？」

「可以。但是，一則我不想麻煩你；二則我敢肯定，到了我家門口你就會要求進去的，既然我不能同意你這麼做，我便不願讓你離開我時，心裡還責備我不該拒絕你。」

「那你爲什麼不接待我呢？」

「因爲我受到嚴密的監視，稍不留神就會鑄成大錯。」

「這果眞是唯一的理由？」

「如果還有別的理由，我一定會告訴你的；現在我們彼此之間不該再有什麼秘密了。」

「那好，瑪格麗特，我就用不著拐彎抹角了，你老實告訴我，你有點兒愛我嗎？」

「很愛。」

「那你爲什麼要騙我呢？」

「我的朋友，如果我是一位公爵夫人，如果我每年有二十萬法郎的固定收入，如果這樣的我做了你的情婦，還有另外的情人，那麼你就有權利質問我爲什麼還欺騙你；可是我是瑪格麗特·戈蒂耶小姐，我有的是四萬法郎的債，沒有一個銅板的家底，每年卻要花費上十萬法郎，因此，你的問題就成了多餘的，我也用不著回答了。」

「你說得對，」我說，同時把頭放在她的膝上：「可是我愛你愛得都快發瘋了。」

「啊，我的朋友，那你應該少愛我一點，或者多了解我一點吧。你的信使我非常痛苦。如果我能自己作主的話，首先前天我就不會接待伯爵，即便接待了他，我也會前來請求你的原諒，像你剛才請求我原諒那樣，並答應從今以後，除了你我不會再有別的情人。我曾一度夢想過能讓自己享受六個月的清福；而你卻不願意。你偏要知道我用的是什麼辦法。唉！天呀，這辦法是很容易猜到的。可是，爲了要使用這方法，我所作出的犧牲，則是你所料想不到的。我原本可以對你直說：我需要兩萬法郎；而你正和我相愛，所以會千方百計籌到這筆錢，但將來你便會爲這事埋怨我。我寧願什麼也不虧欠你；可你不了解我的用心良苦，因爲的確是我的一番苦心。我們這樣的人，當我們還有一點兒良心的時候，我們的言語和我們所做的事情都有別的女人所不可能理解的深刻含義；我再跟你說一遍，對於瑪格麗特．戈蒂耶來說，她自己想辦法還債，不向你伸手要錢，這是一種用心良苦的舉動，你應該默默地接受從中得到的好處才是。如果你是今天才認識我，你就會對我答應你的事感到十分高興，也不會盤問我前天所做過的事了。我們有時候迫不得已犧牲自己的身體來換取靈魂上的滿足，但到頭來當這種滿足也失掉了的時候，就會令我們更加痛苦不堪了。」

聽著瑪格麗特吐露的這一番話，我不由自主地對她肅然起敬。我想到這個可愛的人兒，過去我一心只想吻吻她的腳，現在她卻願意讓我了解她心靈深處的想法，讓我在她的生活中占有一個重要的位置，而我對她給我的一切還不滿足，我不禁捫心自問，人的欲望是否會有個止境，像我這樣，它如此迅速地得到滿足之後，又想得到別的東西了。

「這是眞的，」她又說：「我們這些受命運擺布的人，有一些離奇的欲望和不可思議的愛情。我們有時候爲了這件事，有時候爲了另一件事而獻出自己。有些男人爲我們弄得傾家蕩產，卻一無所獲，另一些男人呢，僅用一束花便得到了我們。我們的心往往是興之所至反覆無常的；這算是它唯一的排遣和唯一的歉疚。我對你發誓，我委身於你比對任何一個男人都快，爲什麼呢？因爲你見到我吐血就抓住我的手，因爲你灑了同情之淚，因爲你是唯一肯憐憫我的人。我還要告訴你一件事，我從前有一隻小狗，我咳嗽的時候，牠就露出悲傷的表情望著我，這便是我唯一愛過的有生命的東西了。後來牠死了，我哭得比我母親去世時還要傷心。我母親在我生下來後的十二年裡只會經常打我。就這樣，我立刻像以前疼愛我的小狗一樣愛上你了。如果男人們都知道用一滴眼淚便能換到些什麼，那他們就會更討人喜愛，我們也會少害得他們傾家蕩產了。

「你的信倒讓我有所清醒，它告訴了我你多缺乏聰明才智。它大大地傷害了我對你的愛情，比任何事情都更加厲害。它出於嫉妒，這不錯，但是出於一種尖酸刻薄的嫉妒。在接到你的信的時候，我已經很悲傷了，我正在盼望中午能見到你，和你一起吃中飯，總之想看到你，好排遣一個縈繞在我腦子裡的思念，這類思念在認識你以前是很容易處理的。」

「而且，」瑪格麗特繼續說下去：「你是唯一這樣的一個人，在你面前，我從一開始就認爲我可以推心置腹，暢所欲言。所有那些圍著我這樣的女孩轉的人都熱中於盤查她們的一言一語，連她們最無意義的舉止也不放過，總想從中挑出什麼毛病來。很自然，我們沒有朋友，我們僅有一些自私自利的情人，他們揮霍錢財，並非像他們說的那樣是爲了我們，而是爲了他們自己的虛榮心。對於這樣一些人，在他們開心的時候，我們也得陪著開心；在他們想吃晚飯的時候，我們也得好好陪他們暢飲；甚至要學會像他們那樣疑神疑鬼才行。我們不能有良心，否則就要遭到辱罵和詆毀。」

「我們已經是身不由己了。我們不再是活生生的人，而是東西。在爲他們爭面子的時候，我們確是舉足輕重，可是在他們的心目中，我們卻又是微不足道的。我們有些朋友，但都是像布呂丹絲那樣的朋友，她們從前也是妓女，現在還一味地揮霍，而她們的年齡已不允許她們這麼做了。於是她們成了我們的朋友，或者不如說成了我們經常的食客。她們的友誼可以發展到爲你當差奔走，可是她們總要先顧到自己，她們從來只給你出一些她們自身也有利可圖的主意。只要她們能從中撈到一些衣服或首飾，能夠不時地坐著我們的馬車出去遊玩，坐在我們的包廂裡看戲，那我們即使有十來個情人也跟她們毫不相干。她們還把我們前天的花束據爲己有，老是向我們借喀什米爾披肩。哪怕只是微不足道的小事，若不是可從中撈到油水，她們也絕不肯幹的。那天晚上，你也親眼看見布呂丹絲給我帶來我託她向公爵要的六千法郎，她當時就向我借去了五百法郎，這筆錢她永遠也不會還我，或者她就用幾頂我絕不會從帽盒裡拿出來戴的帽子來抵債了事。

「因此，我們只能夠有，或者不如說我只能有一種幸福。既然我多愁多病，我的幸福就是找到一個品格高尚的男人，一個不問我的身世，把感情置於肉欲之上的情人。我找到過這個人，那就是公爵。可是公爵年事已高，既不能保護人也不能安慰人了。我原以爲我能接受他給我安排的生活，結果不行，但你叫我怎麼辦？我真煩惱極了。一個人既然注定要受煎熬而死，跳進火裡燒死和被炭火窒息死都是一樣的。

「後來，我遇到了你，你年輕、熱情、快樂，我就打算使你成爲我在熱鬧而又孤獨的生活中所尋求的那個人。我愛你，不是愛你現在這樣的人，而是愛你以後應該變成的那樣的人。可是你不願接受這個角色，你認爲有辱身份，而把它拒絕了，你也不過是一個庸俗的情人罷了；既然如此，你就照別人那樣對待我吧：付過錢便了事。」

瑪格麗特滔滔不絕地說完這段自白，累得靠在長靠背椅的椅背上，用手帕按在嘴唇上抑制住一陣輕微的咳嗽，然後又移至眼角上。

「原諒我吧！原諒我吧！」我低聲說道：「這一切我早就全明白了，可是我希望聽到你親口說出來，我親愛的瑪格麗特。讓我們把其他的一切統統忘掉，只記住一件事，那就是你屬於我，我屬於你，我們都還年輕，我們彼此相愛。我會一切都聽從你的吩咐；可是，看在老天爺的份上，請把我寫給你的信撕掉吧，別讓我明天離開你，否則你就會斷送掉我的性命。」

瑪格麗特把信從胸前的衣袋裡取出來，還給了我，帶著無限甜蜜的微笑對我說：

「瞧，我給你把它帶來了。」

我把信撕得粉碎，含淚吻了吻那隻遞信的手。

這時候，布呂丹絲又出現了。

「告訴我，布呂丹絲，你知道他求我什麼嗎？」

「他求你原諒。」

「一點兒也沒錯。」

「你原諒了？」

「只好原諒，不過他還要求別的事。」

「什麼事？」

「他想跟我們一起吃晚飯。」

「你同意了嗎？」

「你看呢？」

「我看呀，你們眞是兩個孩子，兩個沒有一點頭腦的孩子。可是我也想到我餓壞了，你早一點同意，我們就能早一點吃上晚飯。」

「那好，」瑪格麗特說，「我的馬車能坐三個人，我們坐車去好了。」

「還有，」她又轉身對我說道：

「納尼娜就要睡了，你得自己開門，把我的鑰匙拿著，當心別再弄掉了。」

我連連地抱吻瑪格麗特，幾乎使她透不過氣來。

這時約瑟夫進來了。「先生，」他揚揚得意地對我說：「行李捆好了。」

「全捆好了？」

「是的，先生。」

「那麼，統統解開吧，我不走了。」

第十六章

我原本可以用三兩句話就把我們戀情的起因說給你聽的，可是我想讓你看到經過了些什麼艱辛曲折，我們的關係才一步步地發展到這個階段，我呢，對瑪格麗特百依百順，而瑪格麗特呢，與我相依爲命。

就在她來找我的那個晚上過後的第二天，我把這本《曼儂·雷斯戈》送給了她。

從那時候起，我發現既然無法改變瑪格麗特的生活，就只好改變我自己的生活。我首先不讓自己有時間來思考我剛願意接受的處境，因爲一思考的話，我定會悲從中來的。這樣，我過去一直都很平靜的生活，就會一下子變得亂糟糟了。不管一個風塵女子對你的愛情如何不存一點私心，但絕不要以爲它就不會花費你分文。任性的開銷、鮮花、包廂、晚餐、郊遊，對一個情婦是永遠不能拒絕的，但它們卻太花費金錢了。

就像我對你說過的，我沒有什麼財產。我的父親過去是、現在依然是C城的總稅收官。他爲人正直，因此享有很高的聲望，由於這種聲望他才弄到這個職務所要交的保證金。他的職務使他擁有四萬法郎的年俸，他任職十年的結果，居然償還了他借的保證金，還爲我的妹妹積了一筆嫁妝費。所以說，我的父親是個最可敬的人。我母親臨終留下了六千法郎的年金收入，父親在得到他謀求的職位的當天，就把這筆收入平分給我們兄妹兩個了；此外，我滿二十一歲的時候，他在這筆小小的收入上又添了一筆每年五千法郎的津貼，向我保證說，如果我有了這八千法郎，再在司法界或者醫務界謀求到一個職位，就能在巴黎過得挺舒服了。

於是，我來到巴黎攻讀法律，取得了律師資格，像許多年輕人那樣，衣袋裡裝著文憑，便胡亂地在巴黎度起無聊的歲月來了。

儘管我用錢非常省，可是一年的收入卻八個月就花光了，我只好在夏季那四個月，回到父親那邊過，這樣就像是有了一萬二千法郎的收入，它還使我得到一個孝順兒子的好名聲，而且沒有欠下一分錢的債。

這便是我結識瑪格麗特時的境況。你也明白，不由我作主，我的生活費用增加了。瑪格麗特天生十分任性，她像許多女人那樣，從來不把構成她們生活的無數消遣當成一筆了不起的開支。結果是，她盡可能多一點時間跟我待在一起，一早就寫信給我，說要和我一道吃中飯，不是在她家裡，而是在巴黎或者郊外的餐館裡。我去接她，我們一道進餐，一道去看戲，還經常一道吃晚飯。到了晚上，我就已經花掉了四五個路易。這樣一個月就要用上二千五百到三千法郎，把我全年的費用緊縮爲三個半月，使我陷人了不是要借貸就是得離開瑪格麗特的窘境。而我什麼都能接受，就是不能接受後一種情況。

請原諒我講得這麼瑣碎，不過你將明白這些細微末節，正是隨後發生的一些事情的起因。我告訴你的，正是一個眞實坦白的故事，所以，這個故事單純樸實的原貌，我都給保留下來了。

我因而明白了，既然世界上任什麼也不能使我忘掉我的情婦，那我必須想辦法應付她給我造成的開支。而且，這種愛情也使我迷亂到只要一離開瑪格麗特就感到度日如年，就感到需要在另一種激情之中放縱、沈醉自己，使我不覺得是在度過這段時間。

於是，我用我那筆小小的財產借來五、六千法郎，就開始賭起來，賭場取消以後，到處都可以賭博。從前，人們進入法拉斯卡第賭場，就有發財的機會。他們賭的是現金，就算輸了也能自我安慰，說是還會贏的。現在呢，除了在俱樂部對輸贏還比較認眞之外，在其他地方，即使你贏了一大筆錢，也幾乎肯定是拿不到手的。這一點你很快就會明白了。

似乎只有那些急需錢用、而又沒有必需的財產來維持他們生活的年輕人才會來賭博。賭錢的結果自然是：一些人贏了，而輸錢的人就得乖乖地替這些先生們支付馬匹和情婦的費用，這眞是令人極其懊惱的事。於是債台高築，賭桌旁開始的結交最後以爭吵告終，在爭吵中名譽或生命受到損害。儘管你可能是個正直的人，卻會被另一些正直的人弄得破產，這些人沒有別的缺點，就是沒有二十萬法郎的年金收入。

我用不著對你訴說那些賭錢時要花招的人，人們總有一天會聽到這些人混不下去和受到最終的懲罰。

我投身到這種緊張、嘈雜、狂亂的生活之中，以前一想到它就叫我心寒，現在它卻成了我和瑪格麗特的愛情生活裡不可或缺的補助了。我又有什麼辦法呢？

我如果不在昂坦街過夜，獨自待在家裡的話，我就睡不著。嫉妒心使我無法入眠，我熱血沸騰，胡思亂想，而賭博卻能暫時驅散侵蝕著我心靈的煩躁，把我的心思約束在一種激情之上，對這種激情的興趣使我不由自主地著了迷，一直到我該去瑪格麗特那兒的時候。此時，我不管是贏是輸，都會毫不猶豫地離開（由此我才意識到了我的愛情的熱烈），我可憐那些留在那兒的人，他們不會像我這樣，在離開賭桌的時候能享受到眞正的快樂。因爲對大部分人來說，賭博是一種需要，而對我而言，不過是一種愛情的靈丹妙藥。如果我沒有患了愛上瑪格麗特的症狀，也就不會患上愛賭博的病了。

因此，在賭場中我能保持相當的冷靜，押賭注能做到量力而爲。（只輸我付得起的數目，只贏我輸得起的錢。）

再說，我的運氣還算不錯。我沒有舉債，但我的用度卻三倍於沒有賭博之前。這是一種能讓我輕而易舉地滿足瑪格麗特千百種任性開銷的生活方式，要我捨棄這種生活方式是辦不到的。至於她，則始終像以前一樣地愛我，甚至逐日加深。

我先前已經提過，起初我只能在午夜到早上六點鐘的時間裡到她家去，後來還不時地被允許上她的包廂去，有時候她還來和我一道吃晚飯。某天早晨我遲延到八點鐘才離開，還有一天，我居然拖到中午才走。

在瑪格麗特精神上有轉變以前，她的身體已先有了好轉。我已經著手替她治病，這個可憐的孩子猜到了我的用意，爲了表示感激而依從我，我沒有費什麼力氣就使她幾乎和以前的習慣隔絕了。醫生說，只有休息加上靜養才能夠保證她的健康，因此我用合乎衛生的飲食制度和規定時間的睡眠取代了她的夜宵和失眠。瑪格麗特逐漸地習慣了這種新的生活，而且也感受到了它所帶來的益處。她開始一連好幾個晚上待在家裡不出門，或者，若有好天氣，她會披上一件披肩，戴上面紗，和我一起，就像兩個孩子般地在香榭麗舍大街幽暗的林蔭道上漫步。回家後，她累了，稍微吃點兒東西，彈一會兒鋼琴或看看書（看書對她來說是破天荒的事），然後睡覺。她那每每使我聞之心碎的咳嗽，也差不多完全消失了。

六個星期過去，伯爵已完全被拋之腦後了。只有公爵還令我有顧忌，對他還得隱瞞我和瑪格麗特的關係，然而往往因爲我在瑪格麗特家裡而使公爵不被接見，只說是小姐還在睡覺，而且不許別人叫醒。

瑪格麗特養成了總想見到我的習慣或需要，這就帶來了一個好結果：它迫使我恰好在一個精明的賭徒會開溜的時刻離開了賭桌。總之，因爲老是贏，我發現自己已經有了萬把法郎，在我看來它就好像是一筆用之不竭的財產。

每年我照例該回去我父親和妹妹那裡的時候又到了，我卻沒有動身；因此我便經常收到他們兩人的來信，催我回去。對這些一再催我回家的信，我總是盡可能做出婉轉的回答，再三重覆說我身體很好，也不缺錢用。我相信，雖然我今年遲遲不去探望我的父親，但這兩點多少尚能安慰他一下。

就在這一期間，某個夏天的早晨，瑪格麗特讓射進房間裡來的燦爛陽光給照醒了，她跳下床來，問我是否願意帶她到鄉下去玩一天。

我們派人把布呂丹絲找來，三人結伴而遊。瑪格麗特臨走前吩咐納尼娜去告訴公爵，說她趁著風和日麗的好天氣，和杜薇諾瓦太太一同到鄉下散心去了。

有杜薇諾瓦在一起，才能叫公爵放心，除此之外，布呂丹絲似乎是那種生來就適合伴人郊遊的女人。她總是嘻嘻哈哈，胃口奇佳，絕不會讓她陪伴的人有片刻工夫感到厭倦，她又十分樂於採辦雞蛋、櫻桃、牛奶、炸兔肉，以及組成一頓傳統郊遊野餐的其他食物。

現在我們只消決定去哪兒了。又是布呂丹絲給我們解決了這個難題。

「你們想到一個眞正的鄉下去嗎？」她問。「是啊！」

「那好，我們就到布吉瓦小鎭阿爾努寡婦開的黎明飯店去。阿芒，你去雇一輛馬車。」

一個半小時後，我們已經在阿爾努寡婦的飯店裡了。

你也許知道這家小旅館。它平日是旅館，星期天則成了咖啡廳。它的花園位於普通房子兩層高的地方，從那兒極目眺望，景色十分宜人：向左，馬爾利引水渠緊貼著天邊；右側，是一望無際、綿延起伏的山崗。小河的流水在這裡幾乎流不動了，像一條水粼粼的白色緞帶平鋪在卡比隆平原和克羅瓦西島之間；岸邊高大的白楊木的颯颯顫動和柳樹的竊竊低語，把小河哄得沉沉人睡。遠處，一道燦爛的陽光，映著一幢幢紅瓦白牆的小屋和幾家工廠，因爲距離遠了，竟能給整個景色平添了一股十分奇妙的魅力。更遠處，便是那薄霧籠罩下、若隱若現的巴黎！就像布呂丹絲所說的，這才是名副其實的鄉下，而且我還要補充一句，這裡吃的才是眞正的午飯呢！

我並不是因爲在這裡得到了幸福才如此描寫的。是因爲布吉瓦的確是個風景秀麗的好去處。我到過不少地方，見過許多壯麗的景色，可是沒有一個地方比這個坐落在小山腳下、被小山庇護著的充滿歡樂的小村鎮，更令人流連忘返的了。

阿爾努太太建議我們坐船遊玩，瑪格麗特和布呂丹絲都欣然接受了。

人們總是把鄉間的旅行和愛情聯想在一起，這是很有道理的。世上再沒有什麼能比藍天、芳草、鮮花、微風、叢林和原野的明媚的僻靜處更適於襯托我們心愛的女人了。不管一個男人是多麼熱烈地愛著一個女人，也不管他多麼信任她，不管她的過去可以使他對未來充滿著何等的信心，他依舊或多或少會嫉妒。如果你曾愛過，就必定感受得到這種需要，總是想盡辦法把你要完全獨占的人跟世界隔絕開來。不論你心愛的人對周圍的人如何冷若冰霜，總好像會在與男人的交往和事物的接觸中失去她的芳香，而她的完美就會受到損害。我呀，對這一點要比任何人都更有體會。我的愛情不是一件普普通通的愛情；我像個普通人那樣愛著，但愛的卻是瑪格麗特·戈蒂耶，這就是說，我在巴黎每走一步，都會撞到一個曾經做過或者明天將會成爲她的情人的人。而在鄉下呢，在那些與我素昧平生，對我們的關係無動於衷的人群當中，在那一年一度春意盎然的大自然懷抱裡，在遠離城市喧囂的日子裡，我便可以私藏起我的愛情，完全心安理得地愛她了。

現在，妓女的影子逐漸消失了，在我身旁的是一個年輕貌美的女人，我愛她，她也愛我，她的名字叫瑪格麗特，過去的一切都已了無蹤影，未來的一切也不曾蒙上丁點兒陰霾。陽光照耀著我的情人，宛如照耀著一個最純潔的未婚妻。我們在這迷人的一隅漫步，背誦拉馬丁的詩句，唱著斯古多的歌曲。

夜晚時分，瑪格麗特穿著白色衣衫，斜倚在我的臂彎裡，在滿天星斗的夜空下，細訴昨晚對我說過的話。遠處，塵世的生活一如往昔地繼續著，而我們的青春與愛情，在充滿愉悅的圖畫裡，絲毫不受到它纖塵的沾染。

這一天，穿過繁枝密葉的熾熱陽光，爲我帶來了如此的夢幻。那時，我們已經登上了一個小島，伸直身體，躺在那碧綠如茵的草地上，掙脫了從前束縛住我們的人間鎖鏈，任憑我的思想馳騁，憧憬著美好的未來。

從我所在的地方，我望見對岸有一座小巧玲瓏的兩層樓小屋，它有一道半圓形的柵欄，穿過柵欄，在房子前面是一片如絲絨般光滑的綠油油草坪，房子後面有一座僻靜的小樹林，每天早晨，那兒的青苔又會把昨天踏出的小路掩沒。一些攀藤花佈滿了這所無人居住的房子的台階，一直蔓延到樓上。

我久久地凝視著這幢房子，最後竟以爲它是我的了，因爲它太切合我剛才所做的那個夢幻了。我彷彿已看見瑪格麗特和我白天漫步在小山崗上的樹林裡，夜晚同坐在這草地上。我於是反問自己，人世間還有誰能像我們這麼幸福。

「多漂亮的房子呀！」瑪格麗特對我說，她順著我的目光方向望過去，或許她也跟我一樣有了同感。

「在哪兒？」布呂丹絲問。

「在那邊。」瑪格麗特指著那幢房子。

「啊，好極了！」布呂丹絲說，「你喜歡嗎？」

「太喜歡了。」

「那好，去叫公爵給你租下來，我保證他會答應的。只要是同意，這事就交給我吧！」

瑪格麗特看看我，似乎想徵求我的同意。我的夢幻一下子隨著布呂丹絲最後的幾句話而破滅了，我猛然間重重地跌回到現實中來，暈頭轉向了好一陣子。

「是……這個主意是很好，」我吞吞吐吐地說道，根本不知道自己在說些什麼。

「好了，這事就由我來安排吧，」瑪格麗特鬆開我的手說，她依照自己的主觀願望來理解我的話。「我們馬上去看看它是不是要出租。」

房子空著，租金要二千法郎。

「你在這兒的話會快樂嗎？」她問我。

「我能到這兒來嗎？」

「如果不是爲了你，我躲到這裡來又爲了誰呢？」

「那麼，瑪格麗特，讓我自己來租這幢房子吧！」

「你瘋啦？這麼做不但沒有必要，而且還會壞事。你明明知道，除了那個人之外，我無權接受別人的東西。讓我來辦吧，傻孩子，別多說了。」

「這樣一說，要是我有個兩天空閒的時間，就可以來跟你們小住了。」布呂丹絲說。

我們離開了那幢房子，動身回到巴黎，一路上談論著這個新決定的計劃。我把瑪格麗特抱在懷裡，因此在下車的時候，我對她的安排就不那麼斤斤計較了。

第十七章

第二天，瑪格麗特一大早就把我打發走了，說是公爵很早就會來的，同時答應我公爵一走便給我寫信，約好晚上的會面。果然，白天裡我收到了這個便條——

我和公爵去布吉瓦；今晚八點在布呂丹絲家碰面。

到了約定的時間，瑪格麗特便到杜薇諾瓦太太家裡來見我。

「好啦，一切都安排好了。」她一進來就說。

「房子租定了？」布呂丹絲問道。

「租定了，我一說他便同意了。」

我並不認識公爵，而我這樣做就像在欺騙他，內心感到很慚愧。

「可還沒有完呢！」瑪格麗特接著說。

「還有什麼？」

「我連阿芒的住處都物色好了。」

「在同一幢房子裡嗎？」布呂丹絲問，問完哈哈大笑。

「不，在黎明飯店。我們，我和公爵就是在那兒吃的午餐。我趁他觀賞景色的時候，問了阿爾努太太（因爲她自稱是阿爾努太太，對不對？）是否有一套合適的房間。她說正好有這麼一套：有客廳、會客室和臥室。六十法郎一個月。房間的陳設，即使一個鬱鬱寡歡的人見了都會感到高興。我租下了這套房間，我這麼做對嗎？」

我興奮地摟住瑪格麗特，親吻她起來。

「這將會多美呀！」她繼續說：

「你可以有一把小門的鑰匙，我答應給公爵一把前門的鑰匙，他不肯拿，因爲他要來總是在白天裡來的。說眞的，他對我這次任性的做法倒是挺高興的，因爲這麼做能使我遠離巴黎一段時間，也能平息他家裡人的那些閒話。但是，他問過我，像我這麼愛巴黎的人，怎麼下得了決心到鄉下去隱居。我回答他說，我身體不好，這樣好休息休息。他似乎不大相信我的話，這個可憐的老頭兒對我還是不放心哩！我們可要小心一點，親愛的阿芒，他會派人監視我的。這不僅牽涉到租房子而已，他還願意替我還債，因爲不幸得很，我欠著好多債。你看這樣的安排可以嗎？」

「可以。」我回答，同時竭力壓制這種生活方式不時在我心中引起的良心的譴責。

「我們仔細察看了這幢房子的每個地方，我們住在那裡面定會過得挺舒適。公爵樣樣都想到了。啊！親愛的，」她一面擁抱我、一面說：「你可眞好福氣呢，有個百萬富翁給你鋪床呢！」

「那你們什麼時候搬去呢？」布呂丹絲問。

「越快越好。」

「你把馬和馬車都帶去嗎？」

「我會把全套家當都搬去。我不在的時候，你就幫我看房子吧！」

一個星期以後，瑪格麗特已經住進那幢鄉下房子，而我也就住在黎明飯店。

從此便開始了一段我很難向你敘述的生活。

剛住到布吉瓦的時候，瑪格麗特跟舊習慣還是藕斷絲連，家裡天天像過節一樣，所有的女朋友都來看她。在整整一個月裡面，她家裡沒有一天不是高朋滿座。布呂丹絲呢，把她認識的人也全都帶去了，大盡主人之誼，儼然她就是這幢房子的主人。

這一切開銷用的都是公爵的錢，這點你應可想而知。不過布呂丹絲有時候也來向我索取一張一千法郎的鈔票，她說是替瑪格麗特來要的。你知道，我靠賭博贏了一些錢，因此我立即把瑪格麗特託她向我要的錢如數交給了布呂丹絲，我還擔心我身邊的錢不夠她的需要，於是又到巴黎去借了一筆錢，數目跟我以前借過並已經全部還清的一樣。這樣我自己就又有了一萬左右法郎，我的津貼收入還不算在內。不過，當瑪格麗特看到這種尋歡作樂給她造成的巨大開支，尤其是有時候逼得她非向我伸手要錢不可的時候，她招待女友的興致才開始有所收斂。公爵給瑪格麗特租了這幢房子讓她休息之後便不再來，因爲他老是害怕混跡在這一大群嘻嘻哈哈的客人之中，不願當著她們的眼前拋頭露面。特別是發生了這樣一件事——

有一天，他來這邊打算跟瑪格麗特兩人共進晚餐，恰好遇到有一群十四五個女人在吃午飯。直到他打算吃晚餐的時候她們的午餐都還沒有結束。他事先毫不知情，當一打開餐室門，引來一陣哄堂大笑時，他面對在場的那些女子肆無忌憚的戲謔，只得慌忙地退了出來。

瑪格麗特馬上站起來，在隔壁房間裡找到了公爵，她好話說盡想讓他忘卻此事，可是老頭兒的自尊受到了傷害，十分惱怒，說什麼也不肯輕饒她。他憤然地對瑪格麗特說，他不想再供給一個女子如此胡鬧了，她連在自己家裡都不知道要如何使人尊敬她。說完他便怒氣沖沖地走了。

從那天起，我們就再沒有得到他的消息。

瑪格麗特後來居然杜門謝客，在生活習慣上改弦易轍，但這也是枉然，關於公爵還是杳無音訊。如此一來倒成全了我，我的情婦完全屬於我的了，我的夢想終於實現了。瑪格麗特再也離不開我了。她不考慮後果，就公開宣布了我們的關係，我也索性住到她那兒去。僕人們都稱呼我先生，正式把我當成了他們的主人。

對於這種新的生活方式，布呂丹絲著實警告過瑪格麗特，可是瑪格麗特卻回答說，她愛我，沒有我她就沒法生活下去，說什麼她也不會犧牲和我朝夕相處的歡樂。她又說，誰不喜歡她這樣，愛來不來都悉聽尊便。這番話是我某天偶然間聽到的。那天，我聽到布呂丹絲對瑪格麗特說她有非常重要的事要告訴她，然後兩人便關在房裡密談，我便貼在房門偷聽。

過些時候布呂丹絲又來了。她進來的時候，我正在花園另一端，她卻沒有看見我。從瑪格麗特走過去迎接她的神態看來，我猜她們又要像上次那樣的談話了，我很想再偷聽一下。她們關在一間小客廳裡密談，我就在門口偷聽。

「怎麼樣？」瑪格麗特問。

「還好！我見到公爵了。」

「他說什麼啦？」

「他說，那件事嘛，他願意原諒你，可是他聽說你公開跟阿芒·杜瓦先生同居，這卻是他絕不能原諒的。『讓瑪格麗特離開那個年輕人，』他對我說：『我就會跟過去一樣做到有求必應，否則她就休想再向我要什麼。』」

「你怎麼回答他？」

「我說，我會把他的決定轉告你，還答應他來勸勸你的。親愛的孩子，好好想想你就要失去的地位，這確是阿芒永遠也無法給你的。阿芒確實是以他整個心靈來愛你，可是他沒有足夠的財產來滿足你所有的需要，他總有一天會離開你，到那時候後悔就來不及了，公爵也不願意再為你盡力了。要不要讓我去跟阿芒談談？」

瑪格麗特似乎在思索，因為她沒有回答。我的心怦怦亂跳，忐忑不安地等待她的回答。

「不！」她說：「我絕不離開阿芒，我絕不隱瞞和他在一起的事實。這無疑是件蠢事，可是我愛他！有什麼辦法呢？況且他全心全意地愛我已經成習慣了；若要他離開我，哪怕只是一天裡的一個小時，他也會深感痛苦的。而且我也沒多少時間好活了，又何必自尋煩惱去順從一個老頭的意願呢？光看他的樣子，自己都覺得變老了。讓他守住他的錢吧！」

「可是，你怎麼過呢？」

「我一點也不知道。」

布呂丹絲還想再說什麼，可是我突然闖了進去，撲倒在瑪格麗特的腳下，她這樣深切地愛我，使我感動得淚流滿面，淚水沾濕了她的雙手。

「我的生命是屬於你的，瑪格麗特，你用不著這個人了。我不是在這兒嗎？怎麼能遺棄你？你帶給我的幸福我又如何報答得了？我們再不受什麼束縛了，我的瑪格麗特，只要我們彼此相愛，別的事又與我們何干？」

「哦！是的，我愛你，我的阿芒！」她伸出雙臂摟住我的脖子，喃喃地說：「我愛你，我從沒想到過會如此深切地愛著你。我們會很幸福，我們會平靜地過日子，我也將永遠脫離過去那個令我感到無地自容的生活。你不會再責備我過去的生活吧，是不是？」

我已泣不成聲，只能緊緊地把瑪格麗特摟在懷裡。

「這樣好了，」她說道，緊接著轉過身去對布呂丹絲用激動的聲音說：

「你把這番情景轉告公爵，再跟他說我們已用不著他了。」

從此以後，公爵已再無人提及。瑪格麗特已不再是我過去認識的那個女孩。一切會令我回想起我們初相遇時她所過的那種生活的事物，她都儘量迴避。任何妻子對於丈夫，任何姐妹對於兄弟，都沒有像她對我那樣地關懷備至。她那多病的氣質是極易受到一切感受和感情的支配，而她竟然和她的朋友們，她的生活方式，她的說話語調和揮霍無度全都一刀兩斷了。當我們出門，乘上一條我買的可愛小船在河上漫遊時，誰看見了也不會相信，這個身穿白色衣衫、頭戴大草帽、胳臂上搭著一條防備河上涼風用的綢子輕便罩衣的女人，就是四個月前因爲生活上的奢侈放蕩而名噪一時的瑪格麗特．戈蒂耶。

天哪！我們匆匆地及時行樂，儼然早已預知我們的歡樂是不會長久的。

我們已有兩個月沒到過巴黎。也沒有人來看我們，除了布呂丹絲，還有那個我向你談起過的朱麗．迪普拉。我手頭這些動人的日記，就是瑪格麗特後來交給她的。

我整天都與我的情人形影不離。我們打開向著花園的窗子，望著花團錦簇、綠樹成蔭的夏景，一道飽嘗這種我倆都從未領略過的眞正生活。

這個女人對於最細小的東西都會表現出孩子般的好奇。有些日子，她像個十來歲的小姑娘，在花園裡到處追逐蝴蝶或蜻蜓。從前，這個風塵女子花在花束上的錢就足以維持一個相當富裕人家的生活了，現在呢，她有時卻在草地上坐上個把小時，細細察看那種跟她同名的樸素花朵。

她就是在這個時候讀《曼儂．雷斯戈》的，反反覆覆讀了好幾遍。有很多次我碰到她在這本書上寫眉批，她老是對我說，一個女人在戀愛時，是不可能做出像曼儂所做的那些事啊！

公爵寫給她兩三封信。她認得他的筆跡，看也不看就把信交給了我。有時這些信上的措詞使我感動得流淚。公爵原以爲斷絕經濟來源，就能迫使瑪格麗特回心轉意；可是後來發現這個辦法仍無濟於事，他再也不能執拗下去了；便再寫信來懇求像以前一樣允許他來看她，不論她提出什麼條件都行。

我看完這些反覆懇求的信，就把它們撕得粉碎，既不告訴瑪格麗特信裡說些什麼，也不勸她再去看這個老頭兒。雖然我對這個可憐老人的痛苦也有點同情，也想勸她一下，但就怕她會誤以爲我勸她重新接受公爵是要他再負擔這幢房子的各種費用；我特別害怕這樣一來，她會誤認爲我在逃避我們相愛的責任。

結果是公爵沒有收到回信，也就不再來信了。瑪格麗特和我繼續在一起生活，一點也不考慮未來會如何。

第十八章

要向你細述我們的新生活是很困難的。它是由一連串孩子氣的嬉鬧所組成，這些嬉鬧我們覺得趣味無窮，而對局外人卻是毫無意義的。你會知道，愛一個女人是怎麼一回事，你也知道它令白天的日子過得飛快，並且如何在愛情的懶散之中度到天明。你也不會不知道兩人熱烈的愛情所產生的那種忘卻一切的感受。除了心愛的那個女人以外，所有的人似乎都是多餘的。我真後悔曾在別的女人身上用過一番心思，而現在手裡握著的纖纖小手，使我再也不想去握別的女人的手了。腦子既不能思索，也不能回憶了。

總之，就是離不開那一心一意專一的愛情。每天都會在愛人的身上發現新的魅力，感受到未曾感受過的歡愉。人生不過是不斷地滿足一種持續性欲望的滿足，心靈不過是維持神聖的愛情之火的聖女。

夜晚時分，我們常常坐在小樹林裡，傾聽夜晚和諧悅耳的天籟，兩人都想著不久又可以相互擁抱直到天明。有時，我們整天躺在床上，甚至不讓一絲陽光透進我們的臥房。

窗幔嚴密地緊閉著，外邊的世界對我們而言，算是暫時停止了。只有納尼娜一人有權利打開我們的房門，這也僅限於給我們送飯。我們用飯時也不起床，一面吃一面不停地痴笑、嬉鬧。之後又小睡一會兒，因爲我們深深地沉浸在情愛之中，就像潛水的人一樣，只爲了換氣才浮到水面上來。

不過，我無意間還會看到瑪格麗特的憂傷，甚至落淚；我問她爲什麼會突然悲傷，她回答我說：「我們的愛情不是件尋常的愛情，我親愛的阿芒。你愛我，彷彿我從不曾屬於他人，但我仍非常擔心你日後會對你的愛情感到後悔，會因爲我的過去而責備我，迫使我重新去過你已把我從中解脫出來的那種生活。我想，現在我已經嘗到了一種新生活的樂趣，要是讓我再去過原先那種生活，我就祇有死路一條了。告訴我，你永遠不會離開我吧。」

「我發誓絕不離開你！」

聽到這句話，她凝視著我，似乎想從我的眼神裡看出我的誓言是否眞有誠意，接著她撲倒在我的懷裡，把頭埋在我的胸口上，對我說：

「你可不知道我有多愛你！」

一天傍晚，我們坐在窗外的陽台上，望著那彷彿很費力地從雲層裡掙扎出來的月亮，傾聽著風吹樹木的沙沙聲。我們手握著手，有一刻多鐘沒有出聲，後來，瑪格麗特打破了沈寂對我說：

「冬天到了，我們一起離開這兒到國外去好嗎？」

「到哪兒去？」

「到義大利去。」

「你在這裡住膩了？」

「我怕過冬天，尤其怕你回到巴黎去。」

「爲什麼？」

「理由很多。」

她答非所問的說下去，但是並沒有說出她害怕的理由來：

「你想到國外去嗎？我把我所有的東西都賣掉，我們到那邊去生活，我過去所有的一切都不會留下，沒有人會知道我是誰。你願意嗎？」

「只要能讓你高興，我赴湯蹈火也在所不辭，瑪格麗特，我們就一塊兒去旅行吧！」我對她說：「可是幹嘛要把東西賣掉呢？旅行回來看到這些東西也會叫你高興的。雖然我沒有足夠的錢財能讓你拋棄一切安心去那邊長住，但是還足夠我們闊氣地旅行五六個月呢！」

「仔細想想，我看還是不去的好，」她離開窗口，在臥室另一端的長靠背椅上坐下來，繼續說：「幹嘛要到國外去亂花錢呢？我在這裡已經花了你夠多的錢了。」

「你這是在埋怨我，瑪格麗特。你的器量可眞不夠大呀！」

「原諒我，朋友，」她把手伸給我，說：

「這種雷雨天氣使我的神經失常，言不由衷。」

在擁抱了我以後，她陷人了長長的沉思之中。

這樣的情形經常發生，縱然我不知道其中原因，但我至少發覺了瑪格麗特身上那種擔心未來的徵兆。她不會懷疑我的愛情，因爲我的愛情與日俱增，但是我時常看到她悶悶不樂，她卻不肯向我說出她憂鬱的原因，只推托說是由於身體欠佳的緣故。

我擔心她對鄉下太過單調的生活感到厭倦，便提議回巴黎去，可是她又總是一口拒絕，並向我保證說，任何別的地方都不會令她像在鄉下這麼快活。

布呂丹絲人難得來一次，信倒是來了不少。雖然每次來信似乎老弄得瑪格麗特心事重重，我卻從不要求看一看，只好憑自己猜測了。

有一天，瑪格麗特待在她的房間裡。我走了進去。她正在寫信。

「你在給誰寫信？」我問她。

「給布呂丹絲。你要看嗎？」

我十分厭惡猜疑，於是回答說不需要，但我可以斷定，這封信能告訴我她憂鬱的眞正原因。

第二天，天氣晴朗，瑪格麗特提議坐船到克羅瓦西島去玩玩。她好像玩得十分高興。

回到家時已經五點鐘了。

「杜薇諾瓦太太來過了。」納尼娜看到我們進來就說。

「她已經走了嗎？」瑪格麗特問。

「是的，小姐，坐你的馬車走的，她說事情辦妥了。」

「好啦，」瑪格麗特厲聲喝道，「開飯吧！」

兩天以後，布呂丹絲來了一封信，接下來有兩個星期，瑪格麗特似乎不再那麼莫名其妙地發愁。以前她爲這事經常請求我原諒，而現在此種情況已不復存在了。

然而，馬車一直未見歸來。

「布呂丹絲不把你的馬車送回來，到底是什麼一回事？」有一天我問了。

「兩匹馬裡有一匹病了，車子也要修理。最好趁我們還在這兒的時候把它修好，因爲我們現在用不著車子，省得回巴黎後再修。」

布呂丹絲過了兩天來看我們，證實了瑪格麗特的話。兩個女人在花園裡散步，我一走到她們面前，她們就立刻改變話題。當晚，布呂丹絲告辭的時候抱怨天氣太冷，請求瑪格麗特借給她一條喀什米爾披肩。

就這樣又過了一個月，在這個月裡瑪格麗特顯得格外高興，也更加愛我了。然而馬車還是沒有回來，瑪格麗特的披肩也沒送回來。這些情況使我禁不住焦慮起來。我知道瑪格麗特把布呂丹絲的信放在哪個抽屜裡，所以趁她在花園另一端的時候，就想法去把它打開來，可是毫無辦法，它鎖得緊緊的。於是我又去開平時放首飾鑽石的那幾個抽屜。它們很容易就打開了，可是首飾盒已不翼而飛，盒裡的東西當然也不見了。

一陣強烈的恐懼襲上我的心頭。的確，我本來想追問瑪格麗特這些東西究竟到哪兒去了，可是她也必定不會照實說的。

「我的好瑪格麗特，」於是我對她說：「我請求你允許我到巴黎去一趟。我家人都不知道我在哪裡，那裡也一定有不少我父親的來信。他一定十分掛念，我該給他寫封回信才是。」

「去吧，我的朋友，」她對我說。「不過要早點回來。」

我直接趕到布呂丹絲那兒。

「好呀，」我直接了當地對她說：「請你老實回答我，瑪格麗特的馬到哪兒去了？」

「賣掉了。」

「喀什米爾披肩呢？」

「也賣掉了。」

「鑽石呢？」

「當掉了。」

「是誰去賣掉、當掉的？」

「是我。」

「爲什麼你不告訴我？」

「因爲瑪格麗特不准我告訴你。」

「那你爲什麼不向我要呢？」

「因爲她不願意。」

「這些錢花到哪兒去了？」

「還債的。」

「她欠了很多債？」

「還有三萬法郎左右。啊！我親愛的朋友，我不是早告訴你了嗎？你就是不願意相信，現在總該相信了吧。原來由公爵作保的裝潢商人去找過公爵，結果給趕了出來。第二天公爵還寫了封信給他，說是戈蒂耶小姐的事他一概不管了。這個商人一定要錢，我們就只好採取分期付款的方式，用的便是我向你要的那幾千法郎。後來，幾個所謂好心腸的傢伙還告訴了他，說他的債務人被公爵拋棄了，現在正跟一個身無分文的年輕人住在一起。別的債主得知這消息，便紛紛前來討債，並且扣押了她的東西。瑪格麗特打算把所有東西都賣掉，可是已經來不及了，而且我也反對這麼做。但是，債總得還，又爲了不向你伸手要錢，她只好變賣馬匹、喀什米爾披肩，當掉首飾。你要不要看看買主們的收據和當鋪的當票？」

布呂丹絲打開一個抽屜，讓我看過那些單據。

「啊！你以爲，」她用那種女人慣有的得理不饒人的固執口吻繼續說：「你以爲只要兩情相悅，到鄉下過上夢幻般的生活就沒事了嗎？不行的，朋友，行不通的。在理想的生活之外，還有物質生活，最純潔的念頭往往是可笑的鎖鍊，而且是鐵打的鎖鍊，不是輕易掙得斷的。瑪格麗特所以始終沒有欺騙你，那是因爲她的本質特別好。然而我這麼勸她也並沒有錯，因爲我不忍心看到她一件件地失掉這一切。她就是不願聽我的話！她說她愛你，世上沒有什麼能使她對你負心。這一切眞是太美了，太有詩意了，可是即使如此也拿不出錢來還債呀！現在她再也無法脫身了，除非能弄到三萬法郎。」

「好，這筆錢就由我來付吧。」

「你要用借的？」

「是去借債呀，老天啊！」

「那你幹得可眞妙啊！你會和你父親鬧翻，然後斷絕你的生活來源，況且三萬法郎也不是一兩天就能弄得到的。親愛的阿芒，相信我吧，我比你更了解女人；別做這種傻事，總有一天你會後悔的。理智點吧！我不是要你離開瑪格麗特，你們還是像夏天開始時那樣過日子吧。讓她自己去想辦法解決吧。公爵很快就會回到她身邊的。還有N伯爵，他昨天還對我提起，只要她肯接待他，他會替她還清一切債務，每月再給她四五千法郎。他一年有二十萬法郎的收入呢！這對她是個好歸宿，而你呢，到頭來你終舊還是要被迫離開她的。不要等到破了產才這麼做，何況這位N伯爵是個傻瓜，他不會妨得你繼續當瑪格麗特的情人的。一開始她也許會流幾滴眼淚，往後習慣了就好了，總有一天，你會爲這件事感謝我的。你就假定瑪格麗特是個有夫之婦，你欺騙了她的丈夫，這不就行了嗎？這些話我以前也已對你說過，不過那時候還只是隨口說說，現在呢，幾乎是勢在必行了。」

布呂丹絲的話多狠心，但卻頗有道理。

「是這樣的，」她把剛才拿給我看的單據收了起來，繼續說下去：

「像瑪格麗特這樣的女人，總是預見到會有人愛她們，而她們絕不會去愛人，否則的話，她們就會積攢很多錢，到了三十來歲的時候，就能有一個不用出錢的情人，自己花錢過上奢侈的生活了。如果我對這也早有個先見之明，那該多好啊！總之，你什麼也不要對瑪格麗特說，把她帶回巴黎來。你們兩個在一起生活也有四五個月了，這就夠了；閉閉眼睛不要那麼認眞吧，現在你要做的就是這件事。這兩個星期，她會接待N伯爵，今年冬天她就可再積攢點錢，明年夏天你們又可以重新開始這種生活。事情就該這麼辦，我親愛的！」

布呂丹絲對自己這番勸告似乎感到很得意，我卻憤怒地拒絕了。

不僅僅是我的愛情和尊嚴不容許我這麼做，而且我確信，如今瑪格麗特愛我至此，她寧死也不願再接受別的情人了。

「你別開玩笑了，」我對布呂丹絲說，「瑪格麗特究竟需要多少錢？」

「我剛才說過了，三萬法郎。」

「什麼時候要？」

「兩個月之內。」

「她會拿到這筆錢的。」

布呂丹絲聳聳肩。

「我會把這筆錢交給你，」我繼續說：

「可是你要發誓，絕不告訴瑪格麗特是我給你的。」

「你放心好了。」

「如果她再委託你賣掉或當掉什麼東西，請先通知我一聲。」

「這你不用擔心，她已經沒剩下什麼東西了。」

我直接回到我自己家裡去，看看有沒有父親的來信。居然有四封之多。

第十九章

在前三封信裡，父親追問我毫無音訊的原因。在第四封信中，他要我明白，他已經聽到了一些我生活上的風言風語，並通知我不久他就要到巴黎來。

我一向十分敬重父親，熱愛父親。我回信說我因爲出門旅行，所以沒有給他去信，請他告訴我到達巴黎的日期，好讓我去接他。我把鄉下的住址告訴了僕人，並關照他一收到自C城郵戳的信就給我送來，然後便回布吉瓦去了。

瑪格麗特在花園門口等我。她神情焦急地盯著我。她抱住我的脖子，問道：

「你見到布呂丹絲了？」

「沒有。」

「你在巴黎待了這麼久！」

「我看到父親的好幾封信，我不得不寫回信。」

過了一會兒，納尼娜上氣不接下氣地走了進來。瑪格麗特連忙站起來，走過去跟她耳語了幾句。納尼娜出去以後，瑪格麗特又在我身邊坐下，握住我的手，說：

「你為什麼要騙我？你去過布呂丹絲那見了。」

「誰告訴你的？」

「納尼娜。」

「她怎麼知道？」

「她跟你去了的。」

「你叫她跟蹤我？」

「是的。我想你有四個月沒離開過我半步；一定是有什麼非同小可的理由促使你到巴黎去的。我擔心你會遇到什麼不幸，或者你也許是去看別的女人了。」

「你真是孩子氣！不過現在我可以放心了，我知道你做了些什麼，但我尚不知道別人究竟對你瞎說了些什麼。」

我把我父親的來信給她看。

「我問的不是這個，我想知道的是你幹嘛去找布呂丹絲。」

「去看看她。」

「你撒謊，我的朋友。」

「那好，我是去問她那匹馬好了沒，還有她還要用你那喀什米爾披肩以及那些首飾嗎。」

瑪格麗特的臉紅了，但是沒有答話。

「我已經知道了，」我接著說：

「你拿馬匹、喀什米爾披肩和鑽石做什麼去了？」

「你就爲這個怪我嗎？」

「我怪你從來就沒有想到向我要你所需要的東西。」

「處在我們這種關係當中，如果做女人的還有一點點骨氣的話，她寧願犧牲一切也不願向她的情人伸手要錢，而讓她的愛情帶上買賣的性質。你愛我，我深信不移，可是你不知道那一根連繫著我這種女人的愛的情絲有多脆弱。有誰料得到呢？或許有朝一日，當你感到厭煩的時候，你就會胡思亂想，把我們的關係看成是一樁精心策劃的買賣！布呂丹絲太多舌了。那幾匹馬對我還有什麼用處呀！我把它們賣了倒可以省些錢。我已用不著牠們，再也不必花錢養牠們了；只要你愛我，我也就別無他求了；我想沒有馬，沒有喀什米爾披肩，沒有鑽石，你也會依舊愛我如昔的。」

她這番話確實是發自內心，我聽了禁不住熱淚盈眶。

「可是，我的好瑪格麗特，」我深情地緊緊握住她的手說：

「你很清楚總有一天我會知道你的犧牲，到時我就不能任憑事情再這麼繼續下去了。」

「爲什麼呢？」

「因爲，親愛的孩子，我不願意你爲了愛我而連件小首飾都沒有。我也不願意你在困倦和煩惱的時候，或許會想到，如果你跟別人在一起的話，就不會有這種爲難或厭煩了，因而懊悔我們的共同生活。即使只是一分鐘的後悔，我都不願看見。再過幾天，你的馬匹、鑽石，還有喀什米爾披肩，都會全數物歸原主。它們對你來說是不可或缺的，就像空氣之於生命；這種說法也許可笑，但是你裝扮得華麗的時候，要比穿得簡樸的時候，更令我愛慕些呢！」

「這麼說，你是不再愛我了。」

「你眞是個傻女孩！」

「如果你愛我，我怎麼樣愛你，你都會依我的。但是相反的，你卻固執地把我看做是個非過豪華生活不可的女人，一個非叫你付錢不可的女人。你以接受我情愛的表白爲恥。你不由自主地想到有朝一日要離開我，因此你小心翼翼地唯恐你的無私會受到懷疑。我的朋友，你並沒有錯，可是我卻對你抱著更大的希望。」

此時，瑪格麗特想站起來，我拉住她對她說：

「我只要你能幸福，希望你沒有什麼可埋怨的，如此而已。」

「那我們就要被分開了！」

「爲什麼，瑪格麗特？誰能把我們分開？」我高聲地說。

「是你，你不願意讓我明白你的處境，反倒要我保留我原來的生活。是你，你希望我保持我原先所過的那種豪華的生活，就是想保持把我們分隔開的那種精神上的距離。總之，是你，你不相信我的愛情毫無私心，它能讓我和你同甘共苦，靠著你現有的財產我們還是可以過得很幸福，而你卻寧願把自己弄得傾家蕩產，而且仍然聽憑愚蠢成見的擺佈。你眞的以爲我會拿一輛馬車和一些珠寶首飾，跟你的愛情相提並論嗎？你以爲我眞正的幸福，就在於那些平時還算令人滿意，而在有了愛情之後，就變得毫無價值的虛榮嗎？你要替我還債，要變賣你的財產來養活我，這一切又能維持多久呢？就算兩三個月吧，到時候再要依我的建議去做就太遲了，因爲那時候你事事都得依賴我，那才是一個有自尊心的男人所無法接受的。眼前，你一年有八千到一萬法郎的收入，靠這筆錢我們可以生活了。我把我多餘的東西全部賣掉，單靠如此，我一年就可以收入兩千法郎。我們去租一所漂亮的小房子，兩人快快樂樂地過日子。夏天，我們到鄉下來玩，不住像現在這樣的房子，租一間夠兩個人住的房子就行了。你無牽無掛，我也自由自在，我們都還年輕，看在蒼天份上，阿芒，別逼我再去過從前那種逼不得已的日子吧。」

我無言以對，感激和愛慕的熱淚湧上眼眶，我連忙撲進瑪格麗特的懷裡。

「我原打算，」她又說：

「什麼都不告訴你，先把一切都安頓好，把我的債務全部還清，再租上一間新的住所。到了十月份，我們就回巴黎去，到那時候一切都已就緒了；可是，既然布呂丹絲全都告訴你了，你就得事先同意，而不是事後贊同了。你是不是很愛我，能讓我這麼做呢？」

如此深情，實在令人無法抗拒。我一個勁地親吻瑪格麗特的手，對她說：

「我一切全都聽你的。」

她計劃好的事就這麼商定了。這時她簡直樂瘋了，又跳、又唱，她對她未來簡樸新居的設想感到得意非凡，並同我商量起房子的地點和擺設來了。我看她爲自己的這個決定感到那樣高興和驕傲，似乎如此就會使我們的關係變得更加親密。然而我也不願意白白領她的情。我頃刻之間就決定了我今後的生活。我分配一下我的資產，把我母親遺留下來的年金收入給了瑪格麗特，然而，這仍遠不及她所爲我作出的犧牲。我還剩下我父親給我的每年五千法郎的津貼，無論如何，這筆錢也總夠我自己用的。我沒有把這主意告訴瑪格麗特，因爲我敢肯定她絕不會接受的。母親留下的這筆年金來自一筆六萬法郎的押款，抵押的是我從未見過的一幢房子。我所知道的是每一季，我父親的法律顧問，我們家的一位世交，都要憑我的一張收據，親手交給我七百五十法郎。

瑪格麗特和我去巴黎找房子的那一天，我去找過這位法律顧問，並向他請教，轉移這筆年金給別人時應該辦些什麼手續。這個好心人以爲我虧空了，問我爲什麼要作出這個決定。而我遲早總得告訴他，我指定的受益人是誰，於是就一五一十地對他和盤托出了。他倒沒有什麼異議，雖然以他的身份是有權力反對的。而他卻答應我一定盡力去辦。我自然關照他對我父親嚴守秘密。然後我到朱麗·迪普拉家去找瑪格麗特。她寧可到朱麗·迪普拉家，也不願去聽布呂丹絲說教。

我們開始找房子。我們所看過的房子，瑪格麗特都嫌太貴，我呢？卻嫌太簡陋了。後來，我們終於在巴黎最安靜的一個地區，租了一間跟旁邊的大房子隔絕開來的小房子。這小房子的後面連著一個美麗的小花園，四周的圍牆高低適宜，既能把我們跟鄰居隔開，又不擋住我們的視野，比我們原來期望中的還好。

我去退掉了我原來住的房子，瑪格麗特去見一個經紀人。據她說，他曾經替她的一個朋友辦過這一類的事。她十分高興地回到普羅旺斯街來找我。那個經紀人答應把她的家具全部攬下，替她還清所有的債務，把結帳單交給她，再給她兩萬法郎。從拍賣的總數上看得出來，這老實人賺到三萬法郎以上了。

我們歡歡喜喜地轉回布吉瓦去，一路上不停地談論著我們未來的計劃。由於我們的無憂無慮，彼此相愛，因此皆深感光輝燦爛，無限美好。

一星期後，我們正在吃午飯時，納尼娜來告訴我，說我的僕人來找我。

「讓他進來吧。」我說。

「先生，」他對我說：「你父親到巴黎來了，要你趕快回去，他在那兒等你。」

這個消息是再平常不過的了，可是瑪格麗特和我聽到以後，卻驚訝得面面相覷。我們預料到這是大禍臨頭了。她一句話都沒說，我便領會了她的意思。我拉住她的手說：

「什麼也別怕。」

「你要早去早回。」她一邊擁抱我，一邊低聲地說：「我會在窗前等你。」

我打發約瑟夫先回去告訴我父親，說我馬上就到。

兩個小時之後，我便回到了普羅旺斯街的住所。

第二十章

父親穿著晨衣，正坐在我客廳裡寫信。從我走進去時，他抬起眼睛瞪我的神色看來，我立刻明白將有一場嚴重的爭執要發生了。不過，我裝做沒從他的臉色上猜出了什麼，走到他的面前，擁抱他，說道：「爸爸，你什麼時候到的？」

「昨天晚上。」

「你和過去一樣，一下車就到我這兒來了嗎？」

「是的。」

「我很抱歉沒有在這兒接你。」

我說完這句話，就等著父親冷冰冰的臉上已預示的一番訓斥，但是他什麼也沒說，把他剛剛寫完的信封好，然後交給約瑟夫送往郵局去。

等到只剩下我們兩人時，父親站了起來，身子靠著壁爐，對我說：

「親愛的阿芒，我們有些嚴肅的事要談一談。」

「我聽著呢，爸爸。」

「你答應我實話實說嗎？」
「難道我不一直是這樣嗎？」
「聽說你跟一個叫瑪格麗特，戈蒂耶的女人住在一起，是眞的嗎？」
「是的。」
「你知不知道她是個什麼樣的女人？」
「一個風塵女子。」
「就爲了她，你今年竟然把回家看望你妹妹和我的事，都置之腦後了？」
「是的，爸爸，我承認。」
「你很愛這個女人？」
「爸爸，既然她能使我沒有盡到對你的神聖義務，你也應看得十分清楚了。所以今天，我懇求你的寬恕。」
父親一定沒有料到會有這般爽快的回答，因爲他彷彿沉吟了片刻，然後才對我說：
「你當然已經意識到不能一直這樣生活下去了吧？」
「我擔心過，爸爸，可是我並不明白。」
「但是你應該明白，」父親以一種稍微嚴厲的聲調繼續說：
「我是不會容許你這般胡來的。」

「我認爲，只要我不做出敗壞門風、有損家譽的事，我就可以像現在這樣生活下去，也正是這個想法，才能稍微減少我原先的顧慮。」

激情令人變得無所顧忌。爲了保住瑪格麗特，我準備反抗一切，甚至反抗我的父親。

「那麼，現在是你該走回正路的時候了。」

「爲什麼，爸爸？」

「因爲你正在做一些有損於你的家庭尊嚴的事，而你卻還認爲仍維護著家庭尊嚴。」

「我不懂你這話的意思。」

「我會讓你懂的。如果你願意，你可以有個情婦，像個有身分的男人那樣付給她錢就是了，但是如果你竟爲了她而忘記了最神聖的職責，並且讓這些有關你生活上的醜聞傳播到我們平靜的鄉間去，爲我們尊貴的姓氏留下任何污點，那可是現在或將來都同樣辦不到的。」

「請允許我告訴你，爸爸，那些告訴你我的情況的人，根本就沒弄清楚這整件事。我是戈蒂耶小姐的情人，我和她生活在一起，這是極其普通的事。我並沒有把我從你那兒得到的姓氏給了戈蒂耶小姐，我爲她花的錢也是我能力所及的，我沒有欠任何的債務，總之，我並沒有走到讓父親說成是敗家子的地步。」

「做父親的看到自己的兒子誤入歧途，就有義務拉他一把。你現在還沒有做什麼壞事，但是以後必定會做的。」

「爸爸！」

「先生，我比你更了解人生啊！只有在完全貞潔的女人身上，才會有完全純潔的感情。每一個曼儂都可以有自己的德里歐，而時代也不同了，如果塵世的習俗不有所改進，那它豈不虛度了歲月。你得離開你的情婦。」

「我很抱歉不能服從您，父親，這是不可能的。」

「我要強迫你服從。」

「可惜的是，父親，現在已沒有放逐妓女的聖瑪格麗特島了，即使還有，假定你又能夠叫人把戈蒂耶小姐放逐到那裡的話，我也會隨她一起去的。你叫我怎麼辦呢？也許我是錯了，可是我只有做她的情人才能感到幸福。」

「啊，阿芒，你要張大眼睛看清楚，你要認清跟你講話的是你的父親，一向愛你、衷心希望你幸福的父親。跟一個人盡可夫的女人一起生活，對你是件體面的事嗎？」

「如果從此不再有別的人佔有她，那又有什麼關係呢？如果這個女人愛我，如果她由於我們彼此之間的愛情而獲得了重生，那又有什麼關係呢？如果她幡然悔悟了，那又有什麼關係呢？」

「呃，先生，難道你以爲一個高尚男子的使命，就在於勸悔墮落的女子嗎？難道你以爲天主會賦予人生這麼個荒唐的目標嗎？難道你以爲人心該祇容納這樣一類激情嗎？這種不可思議的用心會有怎樣的結果呢？等到你四十歲的時候，你對你今天說的這番話又會作何感想呢？你將會取笑你的這種愛情，如果那時候你的愛情沒有在你的經歷中留下太嚴酷的痕跡，而你還能取笑它的話。假使你的父親以前也有你的這類想法，任憑這類愛情的衝動擺布他的生命，而不是在榮譽和正直的信念上堅定不移，那你此時此刻會變成什麼樣子呢？好好想一下，阿芒，別再說這種傻話了。好啦，離開這個女人吧，你的父親懇求你了。」

我沈默不語。「阿芒，」父親繼續說下去：「看在你在天上的母親份上，放棄這種生活吧，你會想像不到那麼快就忘了它的，把你跟這種生活聯繫起來的是一種多麼不切實際的理論啊！你都二十四歲了，想想自己的前途吧。你不能永遠愛這個女人，她也不會死心塌地地愛你的。你們兩個人都太誇張了你們的愛情。你已一步步走上絕路。再往前多跨一步，就會變得不可救藥，你將會爲你年輕時代的胡作非爲悔恨終生。離開巴黎吧，和我一道回去跟你妹妹過上一兩個月。靜心的休養和家中溫馨的情感，會很快地治好你這場熱病的，這充其量不過是一場熱病罷了。在你離開的這段期間裡，你的情婦會想通的，她會找到另外的情人。以後當你看到爲了一個什麼樣的人而險些跟你父親鬧翻，甚至失掉他的慈愛時，你就會對我說，我今天來找你是做對了，你還會感激我呢！好啦，你跟我回去吧，好不好，阿芒？」

父親的這番話對別的女人來說是有道理的，但是對於瑪格麗特而言就很不合適了。然而他最後幾句話的口氣是那麼溫和，那麼懇切，令我難以開口。

「怎麼樣？」他用一種顫抖的聲音又問道。

「怎麼樣，父親，我什麼都不能答應你，」我終於說了：「你要我做的事是我能力所不及的。相信我吧！」我看到他做出不耐煩的姿態，便又趕緊說下去：「你把這種關係的後果看得太嚴重了，瑪格麗特並不是你想像中的那種女人。這樣的愛情非但不會把我引入歧途，相反地，它還能激發我向上？眞正的愛情總是能使人變好，不管激起這種愛情的女人是誰。如果你認識瑪格麗特，你就會明白我沒有什麼好擔驚受怕的了。她像最體面的女人一樣體面。別的女人是那麼貪得無厭，她卻是那麼慷慨無私。」

「這並不妨礙她接受你的全部財產，因爲你正打算把從你母親那兒得到的六萬法郎全部給她，你要好好聽清楚我說的這句話，這是你的全部財產了。」

我的父親可能有意把這句威嚇作用的話留到最後才講，以便給我最後的一擊。我面對著他的威嚇，要比面對著他的懇求表現得更爲堅定。「是誰告訴你我要把這筆錢送給她？」我問。

「我的法律顧問。一個正直的人能不事先通知我就辦這類手續嗎？好吧，我就是爲了不讓你因一個妓女而弄得身敗名裂才到巴黎來的。你母親臨終給你留下這筆錢，是供你體體面面地過日子，而不是讓你在你的情婦身上任意揮霍的。」

「我對你發誓，父親，瑪格麗特根本不清楚這件事。」

「那你爲什麼要這麼做呢？」

「因爲瑪格麗特，這個受到你誹謗的女人，這個你要我拋棄的女人，爲了跟我一起生活，曾經犧牲了她的一切而在所不惜。」

「於是你就接受這種犧牲啦？你到底成了什麼樣的人，先生，竟然讓一個叫瑪格麗特的姑娘為你犧牲一切？好了，夠丟人的了。你一定要離開這個女人。剛才我是請求你，現在則是命令。我不願意在我的家庭裡發生這一類傷風敗俗的事。去收拾行李，準備跟我回去。」

「請原諒我，父親，」我說：「我不能走。」

「為什麼？」

「因為我已經到了可以不再唯命是從的年紀了。」

聽到這個回答，父親氣得臉色發白。

「好吧，先生，」他接著說：「我知道我該怎麼做了。」

他拉了拉手鈴。約瑟夫應聲走了進來。「把我的行李送到巴黎旅館去，」他對我的僕人說。隨後他走進房間，穿好他的衣服。當他再次出現的時候，我走到他的跟前。

「請你答應我，爸爸，」我求他：「不要做任何叫瑪格麗特痛苦的事好嗎？」

父親站住了，用藐視的眼光盯著我看，只擠出一句話：

「我想，你真的是瘋了。」說完就走了出去，砰地一聲把門帶上。

我也走下樓去，雇了一輛雙輪輕便馬車，回布吉瓦去了。

瑪格麗特正倚窗在等我回來。

第二十一章

「你終於回來啦！」瑪格麗特說著撲過來摟住我。「但是你的臉色多蒼白啊！」

我告訴她我跟父親爭吵的經過。

「啊，天哪！我就擔心會這樣。」她說：

「約瑟夫來通知我們你父親來了的時候，我像是預感到有大禍臨頭般地渾身發抖。我可憐的朋友！你的煩惱都是因我而起的。也許與其爲了我而跟你父親鬧翻，還不如離開我吧！他也知道你該有個情婦，而這個情婦就是我，他應當爲此感到高興，因爲我愛你，並沒有妄想得到什麼超出你的處境所許可的東西。你沒告訴他我們將來的計劃嗎？」

「我說了，就這點特別令他生氣，因爲他也由此看出了我們彼此相愛到了何種程度。」

「那怎麼辦呢？」

「照樣在一起啊，我的好瑪格麗特，就讓這場暴風雨過去吧！」

「它會過去嗎？」

「一定會過去的。」

「可是，你父親絕不肯就此善罷甘休的。」

「你想他會怎樣？」

「我怎麼知道呢？一個父親爲了要他的兒子服從所能夠做的事，他全部做得出來。他會對你提起我以往的生活，也許還會另外編造一些新的奇談怪論來好叫你拋棄我。」

「你知道我是愛你的。」

「對，但我也知道，遲早你總要聽你父親的話，也許到頭來你也會變得服服貼貼的。」

「不會的，瑪格麗特，最後說服他的會是我，他這麼惱怒都是因聽信了他一些朋友加油添醋的閒言閒語的結果，但是他心腸很好，爲人正直，他會改變他最初的印象的。而且，不管怎樣，我是我，他的看法跟我又有何相干！」

「別這樣說，阿芒。我寧願犧牲一切也不願意你和你的家庭鬧翻。等過了今天，明天一早你就回巴黎去吧，到那時你父親會好好考慮這件事，也許你們彼此都會更諒解對方的。不要頂撞他的那些大道理，對他的願望儘量做出讓步的樣子，別對我顯得那樣關切，他也許就會讓事情好平息下去的。不要失望，我的朋友，而且你要堅信一件事，那便是無論如何，瑪格麗特終舊是屬於你的。」

「你能對我發誓嗎？」

「我還用得著對你發誓嗎？」

聽信一個心愛聲音的勸說，是多麼溫柔的事啊！瑪格麗特和我兩人一整天都在反覆商量我們對於未來的計劃，似乎我們都頂感到了有必要盡快地把它付諸實現。我們時時刻刻都在等待發生什麼事，然而這一天過去了，沒有出現任何新的狀況。

第二天，我十點鐘動身前往巴黎，中午時分到達旅館。我的父親已經出門了。

我回到自己的屋子裡，希望在那兒也許會遇上他。結果沒有人來過。我又到法律顧問那裡去，也沒半個人。我再回到旅館裡，一直等到六點鐘，父親還是沒回來。最後，我只好回布吉瓦去了。我發覺瑪格麗特不像前一天那樣在等候我，而是坐在爐火旁邊，那時天氣尚涼，還用得著生火。她在茫然沉思著，連我走近她的扶手椅時，她也沒有聽見。等到我把嘴唇貼在她的前額上的時候，她哆嗦了一下，彷彿這一吻才把她驚醒過來似的。

「你嚇了我一跳！」她對我說。「你父親怎麼樣了？」

「我沒見到他，也弄不清楚這究竟是怎麼一回事。不論在旅館裡，還是在他可能會去的地方，都不見他的蹤影。」

「那好，明天你一定得再去找他。」

「我倒想等著他派人來叫我去呢，我覺得我已盡了我的本分了。」

「不行，我的朋友，你這麼做絕對不夠，你一定要回到你父親那裡去，尤其是明天。」

「為什麼非明天不可呢？」

「因爲……」瑪格麗特說。我發覺經我一問她臉上有點緋紅。

「因爲這可以表明你對此事相當關切，因而我們也就能更快地得到你父親的寬恕。」她說。

在這一天剩餘的時間裡，瑪格麗特顯得心事重重，茫然若失。我對她說話，總得說上兩遍，才能得到她的回答。她推託說是兩天來突然發生的事引起了她對前途的擔心，所以才這般地心緒不寧。這一夜我一直在寬慰她。

第二天早上她催我離開的時候，露出一種令我很難理解的焦躁不安的神情。

和前一天一樣，我父親又不在，卻留給我這樣一封信

假使你今天再來看我，等我到四點鐘；假使到四點鐘我還沒有回來，那麼明天再來和我一起吃晚飯。我必須跟你談談。

我一直等到指定的時間，我父親還沒有回來，我只好又回到布吉瓦去了。

昨晚我又發覺瑪格麗特愁眉不展的，今晚呢，我發覺她在發燒，情緒十分激動。她一看到我進來，就緊緊地抱住我，還在我的懷裡哭了好一陣子。我問她爲何突然如此悲傷，她卻越發傷心，令我十分惶恐不安。她不肯向我吐露一點站得住腳的理由，她用來搪塞我的，都不過是一個女人不願說實話時所用的推託之詞罷了。

等她稍微平靜以後，我才告訴她我這次出門的結果。我把父親的信拿給她看，還告訴她根據這封信我們能夠做出樂觀的估計。看到這封信，又聽到我對信的看法，她淚如雨下，我怕她精神受到刺激，一邊驚呼納尼娜，一邊把這個可憐的女孩安放到床上。她躺在床上哭個不停，一句話也不說，只是緊握著我的雙手，不停地吻著。

我問納尼娜我不在家時，她的女主人是否收到什麼信，或者有沒有什麼客人來看過她，才會造成她現在這副模樣，可是納尼娜回答我說，沒來過什麼人，也沒有收到過什麼東西。

然而，從昨天起，一定是出了什麼事，瑪格麗特越是瞞我，我就越是感到惶恐不安。

到了晚上，她似乎平靜些了。她叫我坐近她的床頭，又對我翻來覆去地訴說著她是多麼地愛我。隨後她對我微微一笑，可是笑得很勉強，因爲不管她如何地克制，眼裡還是噙滿了淚水。

我千方百計要她把悲傷的眞正原因說出來，可是她盡對我說些含糊其辭的理由，就如我在先前所說的。後來她終於在我懷裡睡著了，可是這種睡眠與其說使她得到休息，不如說使她的身體更加疲憊不堪。她不時地大聲尖叫，突然驚醒過來，等到她確信我在她身邊之後，還要我發誓永遠都愛她。

這種斷斷續續的痛苦一直持續到天明，可是什麼原因我卻一點也不明白。天亮之後，瑪格麗特才迷迷糊糊地睡著。她已有兩夜沒睡好了。

這一次的安眠時間並不長，將近十一點鐘的時候，瑪格麗特又醒了。她看到我起了床，就茫然四顧，大聲叫道：

「你這就要走了嗎？」

「不！」我握住她的手說：「我想讓你多睡一會兒，時間還早呢！」

「你幾點鐘去巴黎？」

「四點鐘。」

「這麼早？你是不是一直陪我到那個時候？」

「那當然，我不一直都這樣嗎？」

「我眞高興！我們吃午飯好嗎？」她心不在焉地又問道。

「只要你喜歡。」

「還有，一直到你離開的時候都能對我這麼好嗎？」

「是的，而且我還會盡快地趕回來。」

「你還會回來！」她用驚恐的眼神望著我。

「當然囉！」

「啊，對，你今天晚上還會回來，我跟往常一樣等著你，你依舊會愛我，我們還會像我們相識以來那樣地幸福。」

這些話是用急促的聲調說出來的，話裡似乎藏著一種難言的隱痛。

我時時刻刻都在提心吊膽，生怕瑪格麗特會暈過去。

「你聽我說，」我告訴她：

「你病了，我不能丟下你不管。我寫封信給我父親，叫他別等我了。」

「不！不！」她慌忙嚷道：「別這樣，否則你父親又會責怪我，說在他想看到你的時候，我卻不讓你走。所以，你一定得去，一定得去！再說，我沒有病，我身體好好的。我不過是做了個惡夢，還沒有完全清醒罷了。」

從這時候開始，瑪格麗特便極力裝出高興的樣子。她不再哭了。

到了我該離開的時候，我擁著她，問她是否願意陪我到火車站去。我希望出去走一走能讓她散散心，呼吸新鮮空氣能讓她感到舒暢一些。我尤其想跟她儘量多待一些時候。

她同意了，披上了斗篷，還帶上納尼娜一道陪我走，免得她回來時孤零零地一個人。我至少有二十次想打消要走的念頭，但是快去快回的願望，和怕更加觸犯我父親的顧慮，終於使我狠下心腸坐上火車走了。

「晚上見！」分手時我對瑪格麗特說。

她沒有回答我。

以前也曾有過一次她沒回答我這句話的經驗，你還記得吧，就是G伯爵在她那裡過夜的那一次。但那是很久遠的事了，對此我早已忘懷，如果我現在還擔心什麼的話，那絕不會是瑪格麗特對我不忠誠了。

一到巴黎，我連忙就去布呂丹絲那裡，想請她去陪一陪瑪格麗特，盼望她嘻嘻哈哈的個性能稍微解除她的煩惱。我未經通報就闖了進去，我在梳妝室裡找到了她。

「啊！」她神色不安地對我說：「瑪格麗特和你一起來？」

「沒有。」

「她好嗎？」

「她正不舒服呢！」

「那她今天不會來了？」

「難道你在盼望她來？」杜薇諾瓦太太臉紅了，有點尷尬地回答我說：

「我本來想說，既然你到巴黎來了，那她就不會到這裡來跟你會面了？」

「不會來了。」

我望著布呂丹絲，她低下頭，我從她的神情上看出來她怕我拜訪的時間會拖得很久。

「我這次來是有求於你的，親愛的布呂丹絲，如果你今晚沒有什麼事的話，就請你去看看瑪格麗特，去陪陪她，你也可以在她那裡過夜。我從未見過像她今天這個樣子，我眞怕她會病倒了。」

「眞不湊巧，我在城裡有個飯局，」布呂丹絲回答我說：

「今天晚上我不能去看瑪格麗特，我明天可以去看她。」

我向杜薇諾瓦太太告辭，覺得她跟瑪格麗特一樣心緒不寧。

我到了我父親那裡，他第一眼便是把我仔細地打量一番，然後向我伸出手來。

「你兩趟來看我令我很高興，阿芒。」他對我說：

「我希望我們都各自把事情認真地考慮過了。」

「我能不能冒昧地問你，爸爸，你考慮的結果如何呢？」

「孩子，結果是我把別人對我講的事看得過於嚴重，我決定對你不再那麼苛求了。」

「你說什麼呀，爸爸。」我高興得叫了起來。

「我說，我的孩子，年輕人總要有個情婦的，而根據我最近聽到的消息，我倒情願看到你是戈蒂耶小姐的情人，而不是別的女人的情人。」

「我的好爸爸！你令我多快樂啊！」

我們就這麼談了一會兒，然後便一起吃了飯。席上，我父親始終和藹可親。

我迫不及待地要趕回布吉瓦去，把這個幸運的轉機告訴瑪格麗特。我不停地望著掛鐘。

「你老是在看時間。」我父親對我說：「你急於要離開我。啊！年輕人，你們總是爲了那種水性楊花般的愛情而犧牲了眞摯的感情呢！」

「爸爸，別這麼說，瑪格麗特愛我，我對這一點深信不疑。」

父親沒有回答，對此他似乎不置可否。

他好說歹說要求我陪他一晚，等明天一早再走。

但是我離開瑪格麗特的時候，她人已經很不舒服了，我惦記著她，我把這事對父親說了，懇求他允許我早點回去看她，並答應他明天再來。

天氣非常晴朗，他一直送我到車站。我從來沒有這樣幸福過，眼前呈現著我夢寐以求的美景。我也從來沒有像現在這樣愛過我的父親。

正當我就要離開的時候，他再次要求我留下，我婉拒了。

「你當眞很愛她嗎？」他問我。

「愛得都快發瘋了。」

「那你就去吧！」他用手拂了一下前額，彷彿想驅走一個什麼念頭，接著他張開嘴，好像有什麼話要對我說，可是終究只握握我的手，便慌忙地離開了我，同時對我大聲說道：

「那就明天見吧！」

第二十二章

我感到火車彷彿不曾移動似的。我十一點時才回到了布吉瓦。整幢房子裡沒有一個窗戶的燈是亮著的，按了門鈴也沒人來開門。這樣的事情我還是頭次遇到。後來園丁總算出來了，我才能進去。納尼娜提著燈給我照路。我走到瑪格麗特的房間去。

「小姐呢？」

「到巴黎去了。」納尼娜回答我。

「到巴黎去了？」

「是的，先生。」

「什麼時候走的？」

「在你走後一個鐘頭。」

「她沒有給我留下什麼話？」

「沒有。」

納尼娜走開了。

我想，她可能起了疑心，所以要到巴黎去證實一下，我去看父親的事是不是想偷閒一天的藉口。單獨一人時心裡又想：也許布呂丹絲有什麼重要的事情寫過信給她；可是我看到了布呂丹絲，她也沒有提起過什麼可以讓我認爲她給瑪格麗特寫過信。

突然，我想起了當我對杜薇諾瓦說到瑪格麗特病了的時候，她問起我的那個問題：「那她今天不會來了？」同時我也想起來，我聽到這句話以後，曾見她臉上露出了尷尬的神情。這一句話彷彿隱瞞著一樁約會似的。我還憶起了瑪格麗特整日流淚的情景。只是後來我父親的好意接待，使我稍稍忘卻了。想到這裡，這一天發生的事情全都湧上心頭，環繞著我最初的疑惑，逐漸在我腦海裡牢牢繫住，使我感到每一件事都令人懷疑，連我父親的好意也不例外。

瑪格麗特幾乎是堅決要我去巴黎的，在我提出要留下來陪她的時候，她卻又裝出平靜的樣子。難道我是中了圈套？瑪格麗特是不是在騙我？她原本是不是打算及時趕回來，不讓我發覺她離開過，結果又被什麼臨時發生的事給絆住了？可是她爲什麼不交代納尼娜，也不給我留個字條呢？而那些眼淚，這次的離去，又有什麼用意呢？

這就是我站在那間空蕩蕩的房間裡，眼睛盯著掛鐘惶恐不安地思索的一些問題。鐘上的時間指著午夜十二點，似乎告訴我對我情婦的歸來，已不須再抱什麼希望了。然而，不久前我們對未來的生活做的種種安排，以及她作出的犧牲，我也都接受了，她還能欺騙我嗎？不可能。我極力排除我剛才的那些想法。

可憐的女孩，可能已找到了一個想買她家具的買主，她去巴黎就是為了這樁買賣的。她不願事先告訴我，因為她知道，雖然出售家具對我們未來的幸福是必要的，而且我也同意了，但是畢竟會使我感到苦不堪言，生怕會傷及我的自尊心。她寧願等一切事情都辦妥了再跟我見面。布呂丹絲明明是為了這件事在等她。瑪格麗特今天沒來得及把交易結束，也許就住在她家裡，也許待會兒便會回來，因為她必定知道我是多麼焦急，也不願意讓我一味這樣等下去。可是，如果是這樣的話，那她為什麼要哭呢？毫無疑問地，儘管這個可憐的姑娘愛我，但是要下決心放棄豪華的生活，仍是不可能不流淚的，她直到今天都過著這種豪華的生活，這種生活令她感到幸福，也使她叫人羨慕。我很樂意體諒瑪格麗特那種悔恨的心情。我焦急地等她回來，以便一面深情熱切地吻她，一面告訴她我已經猜到她神秘離開的原因了。

但是，夜更深了，瑪格麗特依然沒有回來。

我越來越感到焦慮不安，身心極度緊張。也許她出了什麼事！也許她受了傷，生了病，死了！也許送信人將馬上給我送來嚇人的噩耗！也許到天明我還是如此不安，如此擔心！

最初在恐懼之中等待瑪格麗特時產生的她會騙我的念頭已不再困擾我了，一定有不是出自她本意的原因使她離開了我。我越想越相信這必是件什麼禍事，人類的虛榮心啊，你總是以各式各樣的形式來糾纏著我們。

鐘剛敲了一下。我決定再等一個小時，要是到了兩點鐘瑪格麗特還不回來，我就動身去巴黎。然後，我找了本書來看，因爲我實在不敢多想。《曼儂，雷斯戈》攤開在桌面上，書頁有好幾個地方似乎是淚痕斑斑。我翻了翻書，又把它合上，因爲透過我心上的重重疑團，書上的字對我似乎變得毫無意義了。

時間過得老慢。天空中烏雲密布。一陣秋雨淅瀝地抽打著窗戶。有時，那張空床看去便猶如一座墳墓。我不禁害怕起來。

我打開門，側耳傾聽，只聽見樹林間颯颯的風聲。馬路上沒有任何車輛，教堂鐘樓上偶爾傳來敲半點鐘的淒涼鐘聲。

我甚至害怕會有什麼人闖進來。此時此刻，在這般風雨瀟瀟的天氣裡，似乎只有不幸的事才會降臨到我的頭上。

鐘敲了兩下。我又等了一會兒。只有掛鐘單調而有節奏的滴答聲打破沉寂的靜謐。

最後，我離開了這個房間。

伴隨著孤獨不安的情緒，我覺得房間裡一切的一切都給蒙上了一層愁雲。

在隔壁的房間裡，我發現納尼娜伏在她做手工的箱子上睡著了。

聽到開門聲，她驚醒過來，問我她的女主人回來了沒有。

「沒有。不過，如果她回來，你就告訴她，我實在放心不下，所以到巴黎去了。」

「現在就去？」

「對。」

「怎麼去呢？現在叫不到車啊！」

「走路去。」

「但是天在下雨哪！」

「沒關係。」

「小姐會回來的，如果她不回來，等天亮後再去看看發生了什麼事也還來得及。你在路上會有危險的。」

「不會的，我親愛的納尼娜，明天見。」

好心的姑娘找來了一件斗篷，給我披上，還說要去叫醒阿爾努太太，問問她能不能弄輛馬車來，可是我不贊成，我相信這麼做也許不會有結果，而花掉的時間就足夠我趕一半以上的路程了。再說，我需要清新的空氣和身體上的疲乏，來平緩過分激動的情緒。

我帶上昂坦街房子的鑰匙，向送我到柵欄門口的納尼娜道過別，便上路了。

剛開始我一路跑著，但是雨後泥濘難行，使我感到格外疲累。這樣跑了半小時後，我便搞得渾身是汗，不得不停下來。我喘了一口氣，然後繼續趕路。夜色很濃，我時時擔心會撞到路邊的樹木。這些樹突然出現在我的眼前，彷彿是些朝我迎面撲來的妖魔，但我很快就把它們甩到身後……一輛敞篷四輪馬車朝布吉瓦疾馳而來。當它從我身旁奔馳而過的時候，一股希望掠過我的腦際：瑪格麗特就在裡面！我停下來喊道：

「瑪格麗特！瑪格麗特！」

可是，沒人回答我，馬車繼續疾馳而過。我目送它逐漸遠去，便再往前走。我花了兩個小時才走到星盤柵欄的地方。一看到巴黎，又使我充滿了活力，我順著過去經常漫步的那條長長的林蔭大道跑去。

那天夜裡，街上連個行人也沒有，我走來就像在穿過一座死城一樣。天已開始破曉。我到達昂坦街時，這座城市在完全清醒之前已有點騷動了。我走進瑪格麗特家時，聖羅克教堂的鐘正打了五點鐘。我向看門人通報了我的名字，他曾經從我的手上接受過相當多廿法郎一枚的錢幣，知道我有權在早上五點鐘到戈蒂耶小姐家裡來。因此我順利地通過了這一關。我本來可以問問他，瑪格麗特是否在家，但是他可能回答我：「不在！」所以我情願多擔兩分鐘的心，因爲在擔心之中我還能抱有一線希望。

我把耳朵貼著門細聽，想聽出一點兒聲音，一點兒動靜。結果什麼也沒聽到。鄉村的沈靜彷彿一直延伸到這裡來了。我打開門走了進去。所有的窗帘都掩得嚴嚴密密的。我把飯廳的窗帘拉開，朝臥房走去，並推開臥室的門。我跳到懸掛窗帘的繩子跟前，用力一拉，窗帘拉開了，一線微弱的晨曦透了進來，我奔向床前。床是空的！

我把房門一個個打開，尋遍了所有的房間。一個人也沒有。這簡直要把我給逼瘋了！

我走進梳妝室，推開窗戶一連叫了幾聲布呂丹絲，她家的窗子卻依然關得死死的。

於是，我下樓到看門人那裡，問他戈蒂耶小姐是否回來過。

「回來過，」這看門人回答我說：「是跟杜薇諾瓦太太一塊兒回來的。」

「她沒留什麼話給我嗎？」

「沒有。」

「你知道她們後來怎麼樣了？」

「乘上馬車走了。」

「什麼樣的馬車？」

「一輛自用的敞篷四輪馬車。」

這到底是什麼意思呢？

我去按了隔壁房子的門鈴。

「你到哪兒去，先生？」看門人開門讓我進去後問道。

「上杜薇諾瓦太太家去。」

「她還沒回來。」

「你確定？」

「當然，先生，這兒還有一封昨晚別人帶給她的信，我還沒交給她呢！」

看門人把信拿給我看，我的眼睛機械地望了一望。我認出是瑪格麗特的筆跡。我接過信。信封上是這麼寫的——煩請杜薇諾瓦太太轉交給杜瓦先生。

「這封信是給我的。」我對看門人說，我把信封上收信人的名字指給他看。

「你就是杜瓦先生嗎？」這個人問我。

「是的。」

「啊！我想起來了，你時常到杜薇諾瓦太太家來的。」

我一走到街上，就把信打開。這封信對於我，眞有如晴天霹靂。

當你讀到這封信時，阿芒，我已經是另一個男人的情婦了。因此，我們之間的一切全部都結束了。

回到你父親的身邊去吧，我的朋友，去看看你的妹妹吧，她年輕，純潔，她不懂得你我所經歷的苦難。在她身邊，你會很快忘記那個名叫瑪格麗特，戈蒂耶的墮落女人使你曾遭受過的痛苦；你一度熱戀過她，她也因一生中這段難得的幸福時刻欠下了你無限的恩情。現在，她倒盼望她的這條生命能早點了結。

當我讀到最後一句時，我以爲我會瘋掉。一時之間，我眞怕自己會倒在街上。我眼前一片昏暗，血液在我的太陽穴裡激烈地跳動著。後來待我神志稍微清醒些了，我舉目四望，驚訝地看到別人的生活都仍照常進行著，並不因我的不幸而有所停頓。

我無力獨自承受這種打擊。這時我想起了我的父親也在這個城裡，只要十分鐘我便可以到達他那裡，不管我痛苦的原因是什麼，他都會爲我分憂的。

我像個瘋子、小偷似地一口氣跑到巴黎旅館。我看見我父親的房門上掛著鑰匙。我開門走了進去。他正在讀書。他見到我並不顯得驚訝，彷彿他正在等我。我一句話也沒說就撲倒在他的懷裡。我把瑪格麗特的信遞給他，便跪倒在他的床前，任憑熱淚撲簌簌地落下。

第二十三章

當生活又恢復正常以後，我簡直不能相信，未來的日子和以前的日子會有什麼不同。有時候我幻想著，是一件記不起來的事情，使我不能在瑪格麗特那裡過夜，還想假使我回到布吉瓦去，必可發現她也會像我一樣焦急不安，而且還會問我到底是被什麼人留住了，才會離開她這麼久。

當生活形成了一種習慣，像愛情這樣的習慣的時候，要擺脫掉這種習慣，而同時又不會牽涉到生活的其他方面，似乎是不可能的事。我不得不時時讀著瑪格麗特的信，好讓自己相信我並不是在作夢。

由於精神上受到刺激，我已感到體力不支。心中的焦慮，徹夜的奔波，早晨聽到的晴天霹靂般的消息，這一切的一切弄得我精疲力竭。我父親見我如此心力交瘁，便要我正式答應跟他一起回家去。我對他唯命是從，因爲我已沒有氣力再進行抗爭，我需要的是一種眞摯的感情，好讓我在那些事件發生之後還能活下去。我眞是太感激我父親了，因爲，他仍然樂意寬慰我這個遭受巨大不幸的人。

現在我記得起的是，那一天五點鐘左右，他招呼我坐上一輛長途驛車。而且不管三七二十一，就叫人收拾好我的行李，和他自己的一起捆在車子後面，然後便把我帶走了。我起初茫然若失，直到看不見巴黎，才彷如大夢初醒般的感到往事如夢，加上路途的寂寞勾起我心頭的空虛，使我禁不住又泫然淚下。

我父親心裡明白，即使是他再如何勸說，也安慰不了我，也就任憑我哭，一句話也不說，只是偶爾緊握一下我的手，彷彿在提醒我，在我身邊尚有一個關切我的人。

夜裡，我稍微睡了一下，我夢見了瑪格麗特，然後突然又驚醒過來，弄不懂我怎麼會在馬車裡面。隨後，我才意識到了眞實情況，整個頭無力地垂在胸前。我不敢和父親說話，眞怕他會說：「我早就說過這個女人不會愛你的，你看我說對了吧。」

可是，他倒沒有這麼做，在我們前往C城的路上，他只對我說了些毫不相干的閒話。

當我擁抱我妹妹的時候，我想起了瑪格麗特信上提到她的那些話，但是我立刻明白，妹妹雖好，也無法叫我忘懷我的情人。

狩獵季節開始了。我父親認爲打獵可以讓我散散心，便與鄰居和朋友們組織了狩獵會。我參加了，雖說沒有拒絕，可是也沒什麼興致。

自從離開巴黎以來，我對一切的一切都變得無精打采了。

我們進行的是圍獵。他們叫我守在一方。我把卸掉子彈的獵槍擱在一旁，便沉思起來。望著浮雲飄過，我任憑思潮在寂寞的荒原上徘徊，偶爾聽到有同伴告訴我說離我十步之處有野兔。

所有這些細微末節，沒有哪一樣能逃過我父親的眼睛，他沒有被我表面上的平靜所朦騙。他十分清楚，儘管我的心靈現在是一蹶不振，但總有一天它會產生可怕的，也許是危險的反作用。所以他在極力裝得不像是在安慰我的同時，卻又儘量設法爲我消愁解悶。

至於我妹妹，本來就不了解其中內情，所以她自然摸不透，爲什麼以前總是無憂無慮的我，竟然會變得終日心事重重，愁眉不展。

有時，我在憂傷之中突然看到我父親不安的眼神時，就會握住他的手，默默地請求他原諒我不由自主給他造成的痛苦。

一個月就這樣過去了。我再無法忍受下去了。對瑪格麗特的思念不斷縈繞著我的心懷。我曾太愛戀這個女人了，因此無法乍然漠視她。我必須愛她或者恨她。尤其不管是愛是恨，我都要見到她，立刻就見到她。這個欲望完全占據了我的心靈，並產生出一股久無生氣的身體得到復甦後的那種頑強的意志力。

我不是要在一個月、一個星期後才見到瑪格麗特，而是在我有了這個念頭後的第二天就要見到她，於是我告訴父親說我有事要去巴黎，不過很快就會回來。

他無疑地猜到了促成我此行的動機，因爲他堅決要我留下；可是，他看到要是我不能如願以償，後果將是不堪設想的，於是就擁抱我，幾乎是老淚縱橫地求我要盡快地回到他的身邊來。

一路上，我未曾合眼。到達之後，我該做什麼呢？我不知道；反正一定是些和瑪格麗特有關的事就是了。

我先到自己的房子去換衣服，因爲天氣很好，時間尚早，我就到香榭麗舍大街去。過了半個小時，我遠遠地看見瑪格麗特的馬車從凱旋門圓形廣場向協和廣場奔馳而來。她重新買回了馬匹，因爲那輛車還是老樣子；只是她不在車子裡面。我一發覺她沒在車上，就向四周掃了一眼，這時我看到瑪格麗特正由一個我從未見過的女人作陪徒步而來。

當她從我身邊走過時，她臉色發白，緊繃著嘴唇強顏歡笑。我呢，一陣劇烈的心跳震動著我的胸膛，但是在她走到馬車，並和她的女伴鑽進車子之前，我還來得及裝出滿臉冷漠的表情，淡然地向她施禮。

我了解瑪格麗特，這次不期而遇必定弄得她心煩意亂。無疑地她曾聽說我離開了巴黎，這使她對於我們決裂的後果已做到了處之泰然；但是，現在看到我又出現在巴黎，而且跟我迎面相逢，我的臉色又那麼蒼白，她自然懂得我絕不是無緣無故的回來，必定有著什麼特別的意圖。

如果我發現瑪格麗特時，她的情況很不幸；如果在我要向她報復的時候，卻發現她需要我的幫助，那麼我也許就會原諒她，不會再想到要做什麼傷害她的事了。但是，我竟然發現她還挺高興，至少表面上看起來是如此；別的什麼人又讓她過上豪華的生活，而這恰好又是我無能爲力的；因此，她一手造成的決裂就帶上了最卑鄙、自私的性質。我的自尊心和我的愛情都蒙受了恥辱，她必須對我遭受到的痛苦付出代價。

我不能對這個女人的所作所為漠然視之；而最能令她難受的就是我若無其事的態度，因此不僅在她的眼裡，而且在別人的面前，我都裝出這樣的感情。

我竭力裝得笑容滿面地去看布呂丹絲。女僕去通報我的姓名，叫我在客廳裡稍候片刻。杜薇諾瓦太太終於出來了，她把我領到小會客室裡；我剛坐下，就聽見客廳的門打開了，一個輕微的腳步使地板發出咯吱的響聲，接著樓梯平台的門給猛地關上。

「我是不是打擾你了？」我問布呂丹絲。

「一點也沒有。瑪格麗特剛才還在這兒呢，她一聽到你來了，就趕緊溜走了。剛剛出去的就是她。」

「這麼說來，她現在是怕我啦？」

「不，她是怕你不想見到她。」

「那是為什麼？」我的呼吸很費力，因為我已激動得連氣都喘不過來。「這個可憐的姑娘，為了重新享受她的馬車、家具和鑽石就離開了我。她做得對，我有什麼好怨恨她。我今天已碰到她了。」我毫不在意地說道。

「在哪兒？」布呂丹絲說。

她望著我，彷彿在想，這難道就是那個她過去熟悉的痴情男子。

「在香榭麗舍大街，她跟另一個非常美的女人在一起。那女人是誰呀？」

「她長什麼樣子？」

「金黃的頭髮，苗條的身材，碧藍的眼睛，鬢邊還梳著髮卷，長得十分漂亮。」

「啊！那是奧琳普，她的確是個十分漂亮的姑娘。」

「她跟誰一起生活？」

「不跟誰，送往迎來一個樣。」

「她住在哪裡？」

「特隆舍街第X號，啊！你想打她的主意？」

「很難說啊。」

「那瑪格麗特呢？」

「如果我一點也不再想她，那是假話。可是我是那種很會把分手當一回事的人。瑪格麗特如此輕易地把我甩掉，我過去那樣愛她真是太傻了，我過去實在是對她太痴情了。」

你可以猜到我說這幾句話時費了多大的勁，我額角上的汗珠都冒出來了。

「她以前很愛你，這你是知道的。她現在仍始終不渝地愛你。她今天碰到你以後，馬上就來把你們相遇的事告訴我，這就是很好的憑據。她來的時候，全身發抖，幾乎要暈過去了。」

「那麼，她對你說了些什麼？」

「她說：『他一定會來看你的。』於是，她託我求你原諒她吧。」

「我已經原諒她了，你可以告訴她，她是一個好女孩，可是她終究是跟別的女孩一樣。她的所作所爲是我早該料到的。我甚至感激她的果斷，因爲今天我已明白，我們如果再繼續共同生活的話，將會帶來什麼後果，我以前眞是荒唐透了。」

「她要是知道你能這麼正確地看待這件事，一定會很高興的。親愛的，她離開你得正是時候。當時那個混蛋經紀人，就是她託他代賣家具的那個人，去找她的另外一些債主，想打聽她到底欠了多少債，債主們便都慌忙討起債來，只差兩天她的一切便要被拍賣光了。」

「現在還清了嗎？」

「差不多了。」

「誰給的錢？」

「N伯爵。啊！親愛的！世上總有些生來就是專做這種事的人。總之，他一口氣給了她兩萬法郎，不過他也終於達到目的。他很清楚瑪格麗特並不愛他，但這可妨礙不了他對她的好。你也已看到，他給她買回她的馬，替她贖回她的首飾，並且給了她跟公爵給她的同樣多的錢；只要她肯安安靜靜地過日子，這個人倒可以和她待在一起的。」

「她在做什麼？她一直住在巴黎嗎？」

「自從你離開布吉瓦以後，她就再也不想回到那裡去了。所有她的東西都是我親自去替她收拾的，還有你的東西，我已經另外捆了一包，回頭你可以派人來拿回去。除了一個有你名字起首字母的匣子以外，全都在這裡面了。瑪格麗特要把那匣子留作紀念！如果你確實需要的話，我可以代你向她要回來。」

「讓她留著吧。」我喃喃地說，因爲回想起那個我曾經如此幸福地待過的村莊；想到瑪格麗特一心一意要留下一樣我的東西作爲紀念，我便禁不住一陣心酸，頓時淚如泉湧。如果她在這一瞬間進來，我那報復的決心便會立刻冰消瓦解，馬上跪倒在她的腳下。

「再說，」布呂丹絲又說下去：「我從未見過她現在這個樣子。她幾乎睡不著覺，她參加一切舞會、晚宴，甚至喝得爛醉。最近，在一次晚宴以後，她在床上躺了整整一個星期，醫生才剛允許她起床，她便又不要命地重新開始那種生活。你要去看看她嗎？」

「那又何必呢？我是來看你的，因爲你一向待我很好，並且我是先認識你，才認識瑪格麗特的。多虧了你，我才成了她的情人，也多虧了你，我才不再是她的情人，對不對？」

「啊！當然囉，我曾盡力使她離開了你，我相信，再過些時候你還會感謝我呢！」

「這樣我就得加倍感謝你了。」我站起來又補充了一句，因爲看到她把我對她說的話這樣當眞，我對這個女人眞是反感極了。

「你要走了嗎？」

「是的。」

我已經知道得夠多的了。

「什麼時候能再見到你？」

「用不了多久的。再見！」

「再見。」

布呂丹絲送我到門口，我眼裡飽含悲憤的淚水，胸中滿懷報復的渴望，回到了住處。

如此看來，瑪格麗特跟別的姑娘是沒有什麼兩樣的；因此，她過去對我的深情愛意，敵不過她想重新擁有往日那種生活的欲望，也敵不過她想有一輛馬車和尋歡作樂的需要。晚上失眠的時候，我就這樣胡思亂想著。其實，如果我能如我所願地冷靜思考一番的話，我就會在瑪格麗特亂糟糟的新生活裡，看到她在力圖打消一個糾纏不休的念頭，力圖忘卻一個難以忘懷的記憶。不幸的是，邪惡的激情完全支配了我，我一心一意只想找到一個辦法來折磨這個可憐的女人。啊！在男人某種狹隘的感情受到傷害的時候，他有多小器、多卑劣啊！

那個我看到過跟她在一起的奧琳普，即使不是瑪格麗特的朋友，起碼也是她回巴黎以後交往甚密的一個人。她將舉行一場舞會，我料準瑪格麗特必然會參加，就想辦法給自己弄來一張請柬，後來終於弄到手了。

我滿懷悲痛地來到舞會場地的時候，會場已經熱鬧非凡了。大家跳舞，甚至大聲叫嚷。在一次的四組舞裡，我看見瑪格麗特跟N伯爵跳著。伯爵顯得傲氣十足地將她炫耀一番，彷彿對著眾人說：「這個女人是我的！」

我背靠壁爐站著，正好面朝瑪格麗特。我看著她跳舞。她一看到我，就顯得十分侷促不安，我卻毫不在意地揚揚手、瞥瞥眼，向她打了個招呼。當我想到舞會結束後，她不再是跟我，而是跟這個有錢的傻瓜走的時候；當我還想到他們回到家以後可能發生的事情的時候，一股熱血湧上我的臉孔，我一定要打破他們的美夢。

對舞跳完以後，我走過去向女主人致意，她在客人們面前賣弄她那漂亮的雙肩和半裸露的迷人胸脯。這個姑娘可美得很，就身材而言，比瑪格麗特還要美些。我跟奧琳普說話的時候，瑪格麗特對她瞟了好幾眼，這使我對這一點更加深信不疑。誰做了這個女人的情人，才可以跟N先生一樣地驕傲，她是如此姿色動人，足以激起以前瑪格麗特對我激起過的一樣的欲念。

此刻她沒有情人。要成爲她的情人並不難，只要有錢能裝闊氣引起她注意就行了。

我打定了主意：一定要這個女人做我的情婦。我開始跟奧琳普跳舞，並追求起她來。半小時以後，瑪格麗特臉色慘白得跟死人一樣，她穿上毛皮大衣便匆匆離開了舞會。

第二十四章

這已經夠瑪格麗特受的了，不過我還未能解恨。知道我有力量控制這個女孩，我便卑鄙地利用了這一點。當我想到她如今已不在人世時，我捫心自問，我確是傷害了她，天主是否肯饒恕我的過錯呢？

在熱鬧非凡的晚飯之後，大家開始玩紙牌。我就坐在奧琳普旁邊。我大把大把地下賭注，使她不得不對我另眼相待。不一會兒，我就贏了一百五十或者兩百路易，我把它們一古腦地攤在面前。她的一雙眼睛貪婪地盯住這些錢。

只有我一個人沒有完全被賭博迷住，尚能注意到她。那天夜裡我一直在贏錢，我出錢給她賭，因爲她把她面前的錢全輸光了，也許把她家裡所有的錢也都賠上了。

早晨五點鐘，大家散場了，這時我贏了三百路易。

所有的賭客都已下樓了，只有我還留在後面，因爲這些人當中沒有一個是我的熟人，所以誰也沒注意到我。奧琳普親自在樓梯上爲我照路，我正要跟別人一起下樓時，突然轉身對她說：

「我要跟你談談。」

「明天再談吧！」她說。

「不行，現在就談。」

「你要跟我談什麼呢？」

「你等等就會知道的。」

我又退回到房間裡。

「你輸了。」我對她說。

「是的。」

「你家裡的錢也都輸光了吧？」

她猶豫了一下。

「你有什麼話就直說好了。」

「好吧，眞是這樣。」

「我贏了三百路易，如果你願意留我過夜，就全拿去吧。」說著，我把金幣丟在桌上。

「你爲何要這麼做呢？」

「當然囉，因爲我愛你！」

「才不呢！那是因爲你愛瑪格麗特，才要做我的情人好對她進行報復。你騙不了像我這樣的女人，我親愛的朋友。遺憾的是我尚年輕貌美，不能接受你要我扮演的這個角色。」

「這麼說，你拒絕了？」

「是的。」

「難道你願意無條件地留我嗎？那我倒不會同意了。想一想吧，親愛的奧琳普，假如我託一個人代我向你送上三百路易，條件就是我剛才說的，那你就會接受了。可我還是喜歡跟你當面談。接受吧，別計較我這麼做的原因了。你就對自己說，因爲你長得美，那麼，讓我愛上了你也沒什麼好稀奇的。」

瑪格麗特和奧琳普同是風塵女子，可是我第一次見到她的時候，絕不敢對她說出我剛才對這個女人說的這番話來。這是因爲我愛瑪格麗特，我在她身上看到了這個女人所沒有的秉性。所以，即使在我同這個女人進行交易的時候，她也會令我感到一陣厭惡。

當然啦，最後她還是接受了。中午，我成爲她的情人離開她家的時候，對於她的撫愛和情話一點也不留戀。她只是因爲我留給她六千法郎，才認爲不得不對我親熱一番，情話綿綿。不過，也還是有人會爲這個女人弄得傾家蕩產呢！

從這天起，我便不時地都在迫害瑪格麗特。奧琳普跟她斷絕了來往，你很容易理解這是爲什麼。我給了我新結交的情婦一輛馬車、一些首飾。我賭博，凡是愛上像奧琳普那種女人的男人會做的蠢事我全做了。我又有了新歡的消息很快就被傳開了。

布呂丹絲自己也受了騙，終於以爲我已把瑪格麗特忘得一乾二淨。瑪格麗特呢，不管她猜到了我這麼做的動機也好，還是跟別人一樣信以爲眞也好，她總是用非常尊嚴的態度，認眞對待我每天加給她的侮辱。不過，她似乎仍十分痛苦，因爲無論我在哪兒遇上她，都看見她的臉色一次比一次蒼白，神情一次比一次憂傷。我對她的愛情強烈到這種地步，簡直可以說是由愛生恨，看到她每天這樣痛苦，我倒覺得快活。

有好幾次，在我卑鄙可恥地折磨她時，瑪格麗特曾用她那苦苦哀求的目光望著我，令我頓時爲自己扮演的這個角色感到臉紅，眞恨不得馬上請求她的原諒。

可是，我的這種悔恨之心瞬息即逝。奧琳普到頭來把自尊心丟盡，只懂得透過傷害瑪格麗特，就能從我這兒撈到她想得到的一切。她不斷地唆使我跟瑪格麗特作對，一有機會她就侮辱她，使出的是受男人縱容的女人，所特有的那種不肯饒人的卑劣手段。

終於，瑪格麗特被迫放棄參加舞會，也不敢再上劇院了，她怕遇見奧琳普和我。於是，匿名信件就代替了當面的侮辱。不管是什麼髒事醜事，我們一概往瑪格麗特身上推，我叫我的情婦張揚出去，我自己也傳播一番。

只有徹徹底底的瘋子才做得出這種事來。我就像個灌足了劣酒的醉漢一樣，精神十分亢奮，手會犯罪，而頭腦卻一點也沒意識到。這中間我也承受著極大的痛苦。針對我對她的種種誹謗，瑪格麗特採取鎭靜而不帶蔑視、尊嚴而不帶傲慢的態度，這就使她在我的心目中顯得更勝我一籌，因之我對她更加生氣。

一天晚上，奧琳普到一個什麼地方去了，她在那兒碰到了瑪格麗特。這一次瑪格麗特沒有輕饒這個侮辱過她的姑娘，結果是奧琳普不得不倉皇退讓。奧琳普怒氣沖沖地逃回家來，瑪格麗特暈了過去，讓人抬走了。奧琳普一回到家裡，就把事情經過告訴了我，說是瑪格麗特看見她獨自一人，就找她出氣，因爲她是我的情婦。她又說我一定得寫信告訴瑪格麗特，不管我在不在場，都得尊重我所愛的女人。不用我說你也知道，我會同意這麼做，把我想得到的挖苦、侮辱、難聽的字眼，統統寫到信裡，當天就寄給她。

這一次的打擊實在太大，超過了這個不幸的女人所能默默忍受的程度。我確信她會給我回信，因此我決定整天待在家裡不出去。快兩點鐘的時候，門鈴響了，布呂丹絲走了進來。

我竭力裝出若無其事的樣子，問她有何貴幹。可是這一次，杜薇諾瓦太太臉上失去了往日詼諧的笑意，她用眞正動情的口吻對我說，自從我回巴黎以來，也就是說大約三個星期以來，我從沒放過任何一個能折磨瑪格麗特的機會，說她因此生病了，昨晚發生的那場風波，和我早上寫的那封氣憤的信，使她連床也下不來了。總之，瑪格麗特一點也不責怪我，只託她來向我求情，同時轉告我，她在身心兩方面都再忍受不了我對她的折磨了。

「戈蒂耶小姐把我從她家裡打發走，」我對布呂丹絲說：「這是她的權利，不過她侮辱一個我喜愛的女人，竟然藉口這個女人是我的情婦，這是我絕對不能容忍的。」

「我的朋友，」布呂丹絲說：「你受一個既沒良心又沒頭腦的女孩所左右了，你愛她，這不假，但這不能成爲折磨一個無法自衛的女子的理由啊！」

「讓戈蒂耶小姐派她的N伯爵來見我，事情才能公平合理地了結。」

「你很清楚，她是不會這樣做的。所以，我親愛的阿芒，讓她安靜一下吧。要是你見到了她，你就會因爲你對待她的態度而感到慚愧。她臉色蒼白，老是咳嗽，她活不久了。」

布呂丹絲對我伸出手來，又補充道：「去看看她，這會令她非常安慰的。」

「我不想碰見N先生。」

「N先生從來不待在她家裡，她對他可受不了。」

「如果瑪格麗特想見我，她知道我住在什麼地方，讓她來好啦，可是我，我可不願意再上昂坦街去了。」

「你會好好接待她嗎？」

「那當然。」

「那好，我想她一定會來的。」

「那就讓她來吧。」

「你今天會出去嗎？」

「我整個晚上都會在家裡。」

「那我去告訴她。」布呂丹絲走了。

我甚至不屑寫信給奧琳普叫她不要等我了。我絕不會爲這個姑娘感到多大的苦惱。我一個星期難得和她過上一夜。我相信，她隨便從哪家劇院的任何男演員那裡也會得到安慰的。我出去吃晚飯，幾乎立刻就趕回來。我讓約瑟夫在我的房間生好了火，然後打發他走了。

我沒法向你解釋清楚，在我等待的那一個小時內，使我焦慮不安的種種想法。可是，將近九點鐘的時候，我聽見門鈴響了，那些想法一時之間弄得我內心萬分激動，以致去開門的時候，不得不倚在牆上，免得身子倒了下來。

幸好接待室光線黯淡，我臉上的變化不大看得出來。

瑪格麗特走了進來。她穿著一身黑衣服，蒙著面紗。透過面紗，我幾乎認不出她那張臉了。她走進客廳，揭下了面紗，臉色像大理石一樣蒼白。

「我來啦，阿芒，」她說：「你想看我，我就來了。」

她垂下頭，雙手將頭抱住，便痛哭了起來。

我走到她身邊。「你怎麼啦？」我低聲對她說。

她緊緊握住我的手，卻不回答我，因爲她已泣不成聲了。過了一會兒，待她稍微平靜一點以後，才對我說：「你害得我好苦啊，阿芒，可是我卻沒有什麼對不起你的。」

「沒有什麼對不起我的嗎？」我帶著苦笑反問。

「沒有，除了環境逼我做的事以外。」

我不知道，你一生中是否曾感受過，或者將來會感受到，當我看見瑪格麗特時的那種心情。

上一次她來看我時，就坐在她現在坐的那個地方，只不過如今早已物是人非，琵琶別抱了。不過，我還是情不自禁地吻了她，我我依然像以前那樣愛著她，說不定比以前愛得更深了。

然而，叫我找個話題來談卻有些困難了。瑪格麗特無疑地明白了這一點，便又說道：

「我來麻煩你了，阿芒，因爲我想求你兩件事：第一，原諒我昨天對奧琳普的失言；第二，請你發發慈悲不要再做令我難堪的事了。不管你有意無意，你回來以後折磨得我好苦啊，到現在，我再也忍受不了到今天爲止所受的難堪痛苦的四分之一了。你會可憐我，是不是？你也懂得，像你這樣一個好心腸的人，還有許多高尚的事情要做，何必跟我這樣一個多愁多病的女人過不去呢。你握握我的手看看，我正在發燒，我離開病床來向你請求，不是請求你的情誼，而是請求你的淡然忘卻。」

我握住瑪格麗特的手，她的手果然燒得燙人。這個可憐的女人，裹著天鵝絨大衣還在發抖呢！我把她坐的扶手椅推近爐火旁。

「你以爲我就不痛苦嗎？」我接著說：「那一夜，我在鄉下等你沒有等著，才跑到巴黎來找你，結果只找到一封差點弄得我發瘋的信。瑪格麗特，我那麼愛你，你怎麼忍心欺騙我呢？」

「我們別談這個吧，阿芒，我不是爲這個來的。我只想看到你不再仇視我，我只想再跟你握一次手。你有一個年輕貌美的情婦，據說你也愛她，祝你們幸福，願你能忘了我。」

「那你，你也一定幸福啦？」

「我的臉色像個幸福的女人嗎，阿芒？別拿我的痛苦開玩笑了，你比誰都更清楚這痛苦的原因和深沉的程度。」

「如果眞像你所說的那樣不幸的話，那麼要擺脫這種不幸全在於你自己。」

「不，我的朋友，主觀意志是敵不過客觀環境的。我並不是像你認爲的那種服從於輕薄女子的本性，而是服從一種客觀環境的需要，總有一天你會明白的，這些苦衷會使你原諒我的。」

「爲什麼今天你不把這些苦衷告訴我呢？」

「因爲這些苦衷並不能使我們言歸於好，也許還會使你離開你不該離閉的那些人。」

「那些人是誰？」

「我不能告訴你。」

「那你就是在騙我。」

瑪格麗特站起來，向門口走去。當我在心裡把這個臉色蒼白、不停哭泣的女人，跟那個曾在喜劇歌劇院裡嘲弄過我的輕浮姑娘作個對比，並目睹她這種無言而明顯的痛苦時，我便禁不住感慨萬千，並且無法平靜。

「你不要走！」說著，我用身子擋在門口。

「爲什麼？」

「因爲，不管你怎麼對我，我一直都是愛你的，我要你留下來。」

「好讓你明天把我趕走，是不是？不，這不可能！我們的命運已經分開，別再硬把它們湊在一起了。否則你也許還會瞧不起我，而現在，你只能恨我。」

「不，瑪格麗特，」我嚷道。我一接觸到這個女人，就感覺到我全部的愛情和欲望都復甦了：「不，我會忘掉一切，我們將像曾經彼此期許過的那樣幸福。」

瑪格麗特搖搖頭，表示懷疑，說道：

「我還不是你的奴隸、你的狗嗎？任你怎麼處置吧，我都依你，我是你的。」

她脫掉斗篷和帽子，把它們全都扔在沙發上，然後連忙解開胸衣上身的扣子，由於病體的一種經常反應，使她的血從心口湧向頭部，使她喘不過氣來。接著是一陣嘶啞的乾咳。

「叫人知會我的馬車夫一聲，」她又說，「把我的車子趕回去吧。」

我親自下樓去把那馬車夫打發走了。等我回來的時候，瑪格麗特已經躺在爐火跟前，冷得牙齒直打顫。我把她抱在懷裡，替她脫了衣服，她一動也不動。我把她抱到床上，她身體冷得像冰一樣。然後，我坐在她身旁，想用撫慰使她暖和過來。她一句話也不說，只是對著我微笑。

啊！這眞是奇妙的一夜。瑪格麗特的整個生命，似乎都傾注在她給我的狂吻中了，我是那麼愛她，在我沉醉於這種狂熱的愛情的時候，我甚至問自己，我該不該把她殺了，好讓她絕不能再屬於別人的。

像這種瘋狂的愛法，不用一個月，整個人就會落得只剩一具屍體軀殼了。

天亮時，我們兩個都醒了。瑪格麗特臉色灰白，不說一句話。偌大的淚珠不時地奪眶而出，停在臉頰上，晶瑩得像幾顆鑽石。她那瘦削的雙臂時時張開來，想緊緊地擁住我，卻又無力地垂落到床上。

一時之間我似乎覺得，我能把我離開布吉瓦以後所發生的一切統統忘掉，我對瑪格麗特說：

「我們走，我們離開巴黎，你願意嗎？」

「不！不！」她幾乎帶著恐懼對我說：

「那樣我們會很不幸，我也再無法成全你的幸福，可是，只要我還有一口氣在，我就是你隨心所欲的奴隸。不管白天或黑夜，不論什麼時候，你需要我，你就來找我，我將是你的；可是切莫把你的前程跟我的未來聯繫在一起，那樣你就會萬分的不幸，你也會使我萬分不幸的。我眼前還算是個美麗的姑娘，你盡情地享受吧，但是別的什麼都不用要求了。」

她走了以後，我感到孤單寂寞得可怕。

她都走了兩個小時了，我還是呆呆地坐在床沿上，凝視著留有她的頭形弄成縐褶的枕頭，我問自己，夾在愛情和嫉妒之間，我將會變成個什麼樣的人。

五點鐘的時候，我也弄不清要去幹什麼，就茫茫然到昂坦街去了。

納尼娜來給我開門。「小姐不能接待你。」她困窘地對我說。

「爲什麼？」

「因爲N伯爵先生在裡面，他要我不放任何人進去。」

「是啊，」我支支吾吾地說，「我卻忘了。」

我像個醉漢似的回到家裡。你可知道，在給那種足以令人幹出可恥的勾當的嫉妒弄得發狂的一剎那，我到底幹了什麼？我心想這個女人是在捉弄我，我想像她在跟伯爵甜言蜜語，重覆著昨夜對我說過的那番情話。於是，我拿出一張五百法郎的鈔票，叫人連同下面這張字條一起送去：

你今天早上走得太倉促了，我竟忘了付錢給你。這是你昨夜的代價。

這封信一送出，我就出門去了，彷彿是爲了逃避這可恥的行徑突然引起的內疚。我到了奧琳普家，看見她正在試穿衣服。當只剩下我們兩個的時候，她唱了些下流的歌曲給我解悶。這個女人眞是個厚顏無恥、沒心腸、缺乏頭腦的典型妓女，至少在我看來是如此。然而，也許有的男人還把她當做過夢中情人，就像我以前把瑪格麗特當做夢中情人一樣。她向我要錢，我給了她，於是就隨意地離開了，回到自己家裡。

瑪格麗特沒給我回信。

我用不著告訴你我是在怎樣的激動不安中度過了第二天。六點半的時候，一個信差的送來一封信。信封裡有我的那封信和那張五百法郎的鈔票，此外一個字也沒有。

「誰把這個交給你的？」我對這個人說。

「是一位太太，她帶著她的女僕坐上到布倫去的郵車走了。她要我等車子出了院子以後，再把信送來。」

我跑到昂坦街瑪格麗特家。

「小姐今天六點鐘動身到英國去了。」看門人回答我說。

沒有什麼能再把我留在巴黎了，無論是恨、還是愛。我受到這一連串打擊，心力交瘁、精疲力盡。我有個朋友正有東方之行，我告訴我父親，我想和他同行。我父親給了我一些匯票和介紹信之類的東西。約莫過了十天，我便在馬賽港上了船。

後來，我是在亞歷山大港，從大使館的一個隨員（以前我在瑪格麗特家裡見過他幾次）那裡得知那個可憐姑娘病重的消息的。

我立刻動身回來，以後的事你全知道了。

現在你只要讀一讀朱麗，迪普拉交給我的那十幾頁日記就清楚了。它們對我剛才所描述的事情是個很好的補充。

第二十五章

阿芒的這個長篇傾訴常常會爲眼淚所打斷。講到最後，他已累得不成樣子，把瑪格麗特親手寫的十幾頁日記交給我以後，便雙手捂住額頭，閉上眼睛，似乎在沉思，又似乎在想試著人睡。過了一會兒，他稍帶急促的呼吸告訴我，他睡著了，但不是熟睡，只要是一點風吹草動，都會把他驚醒的。

下面就是我讀到的內容，我一字不增一字不減地照抄下來——

今天是十二月十五日，我病了有三四天了。今早，我躺在床上；天色陰沉，我也心情憂鬱；身邊一個人也沒有。我可想念你呢，阿芒。而你，當我寫這幾行字的時候，你在哪裡呢？聽說，你已離開巴黎，在很遠很遠的地方；也許你已經把瑪格麗特給忘了。不管怎樣，我希望你能幸福，你是唯一賜給我生命中歡樂時光的人。

我忍不住想對你就我的行爲作一番解釋，我已經給你寫過一封信；可是由我這樣的女人來寫，這樣的信只可能被當作是一派胡言，除非我死了，讓死亡用它自己的權威使之神聖化，到那時它不再是一封信，而是一篇懺悔詞了。

今天我病倒了；也許我會就此一病至死，因爲我一直都覺得自己已不會活太久。我母親死於肺病，而我一貫的生活方式只會加重我的這種病，它是母親留給我的唯一遺物。可是在能讓你徹底弄清我的一切作爲以前，我不願悄悄地死去。這是說，如果你回來後，仍然留戀這個你離開前那麼熱戀過的可憐姑娘的話。

下面就是這封信的內容，爲了給我自己的辯解提供新的憑證，我是十分樂意再重述一遍的。

你還記得吧，阿芒，在布吉瓦，你父親到來的消息，是怎樣嚇壞了我們的；你記得他的到來的消息，令我不由自主地感到恐懼，還有你和他之間發生的、你當晚就告訴了我的那一幕。

第二天，當你在巴黎等候你父親，而久不見他的蹤影的時候，一個男人找上門來了，交給我一封你父親的來信。

這封信我也附在這裡，它用最嚴肅的言辭請求我第二天隨便用個什麼藉口把你打發走，好接待你的父親，說他有話要對我說，還特別關照我切莫對你提起他的這一舉動。

你應該還記得，我那時是多麼執拗地勸你第二天再回巴黎去的。

你動身以後僅僅過了個把小時，你父親就來了。我不想跟你談他那副嚴峻臉色給我留下的印象。他滿腦子的舊觀念，認爲舉凡風塵女子都是沒有良心的、沒有理性的，是一種搾取錢財的機器，隨時會把給它送東西的手軋斷，總是不分青紅皂白、毫不留情地一律給予毀掉。

你父說寫給我一封非常客氣的信，以便我能同意接待他；而他來了之後，卻跟他寫的全然不同。開始時態度十分蠻橫無禮，甚至帶著威脅的口氣，我不得不讓他明白，我是在我自己家裡，若非出於我對他兒子眞誠的愛情，我才用不著向他通報我的私生活。杜瓦先生這下子才稍微平靜一點，但還是對我說，他不能再允許他兒子爲了我而弄得傾家蕩產；還說我長得漂亮，這是事實，但是，儘管我漂亮，也不該利用我的姿色叫一個青年供我揮霍無度，從而斷送掉他的前程。

對此我只有一件事好做，那就是拿出證據來，證明自從我成爲你的情婦以後，爲了保持對你的忠貞，我在用錢上絕不超出你能力所及的範圍，還曾不惜犧牲一切。我拿出當票，拿出賣掉那些不能典當的東西以後的收據給他看。我告訴你的父親，我還下決心賣掉我的家具來還債，好跟你一起生活，而不至於成爲你的累贅。我把我們的幸福，把你對我說過的那種更平靜、更幸福的生活都告訴了他。他終於相信這些事實，並向我伸出手來，請求我原諒他一開始時的態度。

接著，他對我說：

「那麼，小姐，我就不再用責備和威脅，而是用祈求，來希望得到你更大的犧牲了，比你曾經爲我兒子做過的犧牲還要大的犧牲。」

這句開場白讓我聽得渾身發抖。

你父親走近我，握住我的雙手，以親切、摯愛的語調，緩緩道出：

「我的孩子，請你不要從壞的方面來理解我馬上要跟你說的話；不過你要記住，生活中有時也會有良心上過意不去的時候，但那是生活的需要，你就得服從。你心地善良，你的靈魂裡有著許多女人所沒有的寬宏大量，她們也許會瞧不起你，但卻比不上你。不過，請你想到，情婦以外還有家庭；愛情以外還有責任；熱情的年華過去之後，在緊接而來的年月裡，男人要受到尊重，就得謀求一個穩當且像樣的地位。我兒子沒有家產，但是他已打算把他母親留給他的遺產給了你。要是他接受了你正準備爲他所做的犧牲，那麼他爲了名譽和尊嚴，勢必要給你那筆財產作爲報答，這筆財產是將可以使你永遠脫離生活的磨難，然而你的這種犧牲他也萬萬不能接受，因爲社會上不了解你的人，會誤認爲這種接受，是出自於不正當的動機，而我們家的姓氏，是不應當讓這種不正當的動機所玷汙的。別人並不管阿芒是不是愛你，你是不走愛他，或者這種彼此相愛對他是不是一種幸福，對你是不是一種幡然改過的自新；人家只會看到一件事，那就是，阿芒，杜瓦竟容忍一個妓女（請原諒我迫不得已說出這樣的字眼，我的孩子。）爲了他而賣掉她所有的東西。然後，埋怨和懊悔的日子就會到來，請相信我這句話吧、它對你們和對於別人都是一樣的，如此你們兩人就都會給套上了一條無法摧毀的鎖鏈。那時候你們該怎麼辦呢？你已年華老去，我兒子的前程也毀了；而我，他的父親，原指望從兩個孩子那裡得到報答，卻只能指望一個孩子了。

「你年輕貌美，生活不會虧待你；你是高尚的人，做了一件好事的回憶，可以抵得上你過去的許多往事。阿芒才認識你六個月，便把我給忘了。我給他寫了四次信，他連一次也沒回過。我就是死了，他也不會知道！

「不管你如何下定決心要過跟以往截然不同的生活，可是阿芒愛你，他絕不會因為收入微薄而同意讓你過苦日子，那種清苦的生活是與你的美麗姿質很不相稱的。所以誰知道到時候他又會做出什麼樣的事來呢？他已經在賭博了，這我知道；他沒告訴你，這我也知道；可是，在金迷紙醉中，他很可能把我多年的積蓄輸掉一部分。我積攢下這些錢是為了給我女兒作嫁妝，為了讓他能生活，也為了讓我能安度晚年的。

「此外，你能肯定你再也不留戀為他拋棄的那種生活？你能肯定你再也絕不會再愛別人？如果，隨著時光的流逝、年歲的增長，雄心壯志代替了愛情的夢想，到那時你難道不會給你情人的生活所造成的障礙痛苦嗎？請仔細想想這所有的一切吧，小姐。你愛阿芒，請用你可以採取的唯一方法向他證實你的愛吧：為他的將來犧牲你的愛情。現在還沒有什麼不幸，可是將來會發生的，也許比我預料中的還要嚴重。阿芒可能嫉妒一個愛過你的男人；他也許會向他挑釁，他也許會決鬥，甚至於被害。你想想，等到他父親來跟你要兒子，要你對他兒子的生命負全部責任的時候，你面對他父親時會有多痛苦啊！

「最後，我的孩子，讓我全對你說了吧，我的話還沒有全說出來呢。你要知道，我爲什麼到巴黎來。我剛才說過，我有一個女兒，她年輕、美麗、像天使般純潔。她正在戀愛，也把她的愛情作爲終生的美夢。我已經寫信把這一切告訴了阿芒，可走他全部心思都傾注在你身上，而沒有回我的信。我的女兒就要結婚了。她要嫁給她心愛的人，她要進入一個體面的人家，這家人也要求我們家的一切也都不能有失體面的。我未來女婿的家裡人已經知道了阿芒在巴黎過的是什麼樣的生活，並且向我聲稱，如果阿芒再一味這樣生活下去的話，他們就要取消婚約。一個年輕的姑娘，她沒做過什麼對不起你的事，她有權利指望一個美好的未來，可是她的前程卻全操縱在你的手裡。你有權利、有勇氣毀掉她的前程嗎？既然你愛阿芒，既然你願痛改前非，瑪格麗特，就求你把我女兒的幸福恩賜給我吧！」

啊，我的朋友，面對著這些時常縈饒在我腦海裡的思忖，我過去只能暗自落淚；而如今這些思忖出自你父親之口，就有了更加嚴峻的現實意義。我反覆思量著你父親多次到了嘴邊卻又不敢對我直說的話；總之，我終究是個風塵女子，不管我拿何種理由來解釋我們的關係，它總像包含著我自私自利的打算；我過去的生活不容許我有權利去追求這樣的未來；我得承擔起我的生活習慣與聲名所絕對無法保障的責任。總之，我愛你，阿芒。

杜瓦先生對我說話時那種慈父般的態度，喚起我心裡純眞的感情，我就要贏得這個老人的尊敬，還有以後肯定也能從你那裡獲得尊敬。這一切的一切，在我心裡激起了種種崇高的思想，這思想抬高了我，使我覺得神聖，驕傲，直到現在我仍深感安慰。

當我想到有朝一日，這個老人，爲他兒子的前程而懇求過我的老人，會叫他女兒在禱告時也稍帶上我的名字，宛如一個神秘朋友的名字的時候，我自覺改換了靈魂，而深感自傲了。

也許是一時的狂喜誇大了這些印象的眞實性；可是那的確是我當時的眞實感受，而且這些新的感覺，使得我們曾經共同擁有過的那些幸福日子的回憶也黯然失色。

「告訴我，先生，」我抹掉淚水對你的父親說：「你相信我愛你的兒子嗎？」

「我相信。」杜瓦先生說。

「相信是一種無私的愛嗎？」

「是的。」

「你相信我曾經把這種愛看作是希望、夢想和生活的慰藉嗎？」

「我絕對相信。」

「那麼好吧，先生，像吻你的女兒那樣吻我一次吧，我向你發誓，這一吻是我得到過的唯一眞正純潔的一吻，將使我能狠下心來了卻兒女之情，用不了一個星期，你的兒子就會回到你的身邊，他也許會難過一段時間，但不久就會痊癒的。」

「你眞是位品格高尚的女孩，」你父親吻著我的額頭說：

「你在完成一件天主也會贊許的事；但是我擔心你影響不了我的兒子。」

「哦，請放心吧，先生，他會恨我的。」

於是，我必須在我們之間設置一道不可逾越的障礙，爲了我，也爲了你。

我寫信給布呂丹絲，說我接受了N伯爵的建議，要她去告訴他，我將跟她和他共進晚餐。我把信封好，也沒有告訴你父親說信裡寫了些什麼，便請他一到巴黎就派人按地址送去。不過，他還是問我信裡寫了些什麼。

「是你兒子的幸福。」我回答他。

你父親又一次擁抱我。我感覺到有兩顆感激的淚珠滴落在我的前額上，就好像是對我往日罪過的洗禮一樣。在我同意委身給另一個男人的時候，想到從這新的過失所能贖回的東西，我便不由得煥發出驕傲的歡欣。

這是自然的事，阿芒；你曾告訴遲我，你父親是世界上最正直的人。

杜瓦先生上了馬車，回巴黎去了。

然而，我畢竟是個女人，當我再看到你的時候，我忍不住哭了，可是並沒改變我的初衷。我這麼做對嗎？這就是我今天躺在床上問自己的話。我也許再也不會活著離開這張病床了。

在我們離別來臨的時刻，我經受多大的痛苦你是親眼目睹的。你父親已經不在那裡支持我，有一會兒我險些把一切都告訴你，因爲一想到你將要恨我和瞧不起我，我說感到非常害怕。

有一件事，你也許不會相信，阿芒，那就是我祈求天主賜給我力量；他也確實領受了我的犧牲，他把我所祈求的力量給了我就是很好的證明。

在吃那頓飯的時候，我還需要得到一種幫助；因爲我每想到所要做的事，此十分擔心會失掉了勇氣。我，瑪格麗特，戈蒂耶，一想到又要有一個新的情人，竟然會這般痛苦，又有誰會相信呢？我拚命地藉酒消愁，好讓自己忘掉一切。於是，第二天醒來的時候，我已睡在伯爵的身邊了。

這就是全部事情的來龍去脈。朋友，請評判我吧，寬恕我吧，就像我已經寬恕了你那天以後給我製造的一切痛苦一樣。

第二十六章

阿芒，在命運攸關的那一夜以後所發生的事，你跟我一樣清楚；可是，你無法知道，也沒法猜到，自從我們分手後我所承受的痛苦。

我聽說你父親把你帶走了，可是我深信你不能離開我太久；所以當我在香榭麗舍大街遇到你的時候，我雖然被你弄得心慌意亂，但卻不感到意外。

從此就開始了那一連串的日子，在那些日子裡，你對我的侮辱可說是層出不窮，對此我也都帶著喜悅的心情來接受；因爲除了證明你始終愛我之外，也讓我覺得，你越是迫害我，等到你弄清楚眞相以後，我在你心目中的地位勢必就越崇高。

別爲我這種以苦爲樂的殉道精神感到驚異吧，阿芒，你對我的愛已經打開了我的心扉，讓我也能領受崇高的激情了。

然而，我並非一下子就變得如此堅強的。

從我爲你做出犧牲到你回來以前，有很長的一段時間裡，我不得不求助於耗損自己的肉體、麻醉自己的方法，才不致於發瘋，好讓自己茫然迷失在我重新投入的生活旋渦裡面。布呂丹絲已經告訴過你（是不是？），每一次盛宴，每一場舞會，每一次痛飲，我都到場。我希望透過這些放縱的行爲，來結束自己的生命，我相信這個想法，不久就可如願以償了。自然地，我的健康情形越越糟，在我拜託杜薇諾瓦太太去向你求情的那一天，我已身心俱疲了。

我並不想向你提起，阿芒，在我最後一次證明我對你的愛情時，你是如何報答我，是用何等的凌辱，把臨死都無法拒絕你情愛聲音的那個女人從巴黎趕走的。你向她要求一夜的恩愛，她就像一個傻瓜似的，竟一度相信她可以重新結合起過去和現在。你有權利那麼做，阿芒，別人並不常以這麼高的代價來買我的過夜費！

在這以後，我拋開了一切。奧琳普取代了我在N伯爵身邊的位置，我聽說，她還把我離棄他的原因告訴他了。

這時，G伯爵人在倫數。他是這樣一種人，對於我們這種女人的愛情，頂多也只拿來當作一種賞心的消遣，所以他能跟女人們保持朋友關係，從不爲她們爭風吃醋，也就談不上恨她們了。他確實就是那樣的闊佬，只讓心靈的一角向著我們，不過錢包則總是對著我們敞開的。我馬上想到他，就找他去了。他盡可能地慇勤接待我，可是他當時已成了一名上流社會女人的情人，所以不便與我覯近。他把我介紹給他的幾個朋友，他們請我吃晚飯，飯後其中一個便把我帶走了。

你說我還有什麼法子呢，朋友，自殺嗎？那只會徒然增添你的悔恨，連累你那本該幸福的生活。再說，人都快死了，還犯得著自殺嗎？

我變成了一具沒有靈魂的軀殼，沒有思想的擺設。我過了一段任人擺布的生活；然後又回到了巴黎，打聽你的消息，才知道你已動身作長途旅行去了。至此，再也沒有什麼值得我留戀的了。我的生活又恢復到兩年前認識你之前的情形。我試著想挽回公爵的心，可是我太傷他的心了。而且老人家都是沒有耐心的，這自然是因爲他們已意識到自己的風燭殘年了。我一天比一天衰弱，面色慘白，滿面愁容，身子也越來越消瘦、憔悴。那些前來購買愛情的人，在成交前總要先仔細看一看貨色的。在巴黎有的是比我健康，不像我這麼瘦骨嶙峋的女人，所以人家可把我給忘了。

這就是一直到昨天爲止的我的境況。

現在，我完全病倒了。我已經寫信給公爵向他要錢，因爲我已囊空如洗，而且債主們都找上門來了，帶著他們的帳單無情地前來逼索。公爵會給我回信嗎？你爲何不在巴黎呢，阿芒？你在的話一定會來看我，你的探望對我會很有幫助的。

〈十二月二十日〉

天氣眞嚇人，又下起雪來了，我仍是孤單一個人。三天以來我一直在發燒，沒能給你寫一個字。而你仍舊消息全無，我的朋友，每天我都渺茫地盼望著你的來信；可是你始終音訊全無，而且一定永遠也不會來了。只有男人才會這麼鐵石心腸，不肯原諒人。公爵也沒有回我的信。

布呂丹絲又開始爲我跑當鋪了。

我老是在吐血。哦！你要是見到我的這種處境，一定會十分難受的。你能待在暖洋洋的天空下眞是幸福，不像我這樣，壓在我胸口上的僅是一派嚴冬。今天，我起來了一會兒，透過窗帘往外瞧，只見巴黎的生活在下邊川流不息地進行著，而這種生活已與我絕緣了。我還瞥見有幾張熟悉的臉孔匆忙地掠過，十分歡樂，無憂無慮。可是沒有一個人抬頭望一望我的窗子！不過也還是有幾個年輕人來探望過我。過去，我曾一度病了。那時候你尚不認識我，除了我們初次見面時我對你的無禮以外，你還未曾從我這兒得到過什麼，可是你卻天天都來探問我的病情。於是我們在一起過了六個月，一個女人的心所能包含和所能給予的愛我都給了你。而現在你卻遠在他方，你在咒罵我，你沒有給我送來一句安慰的話語。但這只能怪命運，是命運造成這種遺棄的，這點我可以肯定，因爲倘使你還在巴黎，你是絕不會離開我的病榻半步的。

〈十二月二十五日〉

醫生不許我每天動筆寫東西。的確，追憶往事只能使我的高燒加劇。但昨天我收到一封令我覺得非常快慰、舒適的信，倒不是因爲它帶給我物質上的援助，更多的是因爲它所表露的情感。所以，今天我又能提筆給你寫信了。這封信是你父親寫來的，下面就是信的內容：

小姐如晤：剛獲知你貴體欠安，若我身居巴黎，定親自登門探問。若吾兒在我身邊，我也一定會令其前往探視你的。無奈我諸事纏身，一時難以離C城，而阿芒又距此有六七百哩之遙。爲此，請允許我僅以書信代爲問候，也請你務必相信，我誠摯地祈求你能早日康復。

我有個朋友H先生將至府上拜訪你，但願你能接見他。我託他辦一件事，並焦急地等待下文。

請相信我，小姐。請接受我最忠心的問候。

這就是我收到的那封信。你父親有一顆崇高的心，好好地愛他吧，我的朋友，因爲世界上值得愛的人並不多。這張他簽上姓名的信箋，要比我們的大醫生所開的藥方都更使我得益。

今天早上，H先生來了。他似乎為杜瓦先生委託給他的這項任務感到很為難。原來他是替你父親給我送來三千法郎。起初，我本想辭謝的，可是H先生說，這會叫杜瓦先生難過的，杜瓦先生託他務必要把這筆錢交給我，以後若有需要他會再送來。我終於接受了，因為來自你父親的不能算是一種施捨。如果你回來時我已不在人世，請把我剛才寫的有關他的那段話拿給他看，告訴他，承蒙他看得起，寫了這封慰藉的信給她。這個可憐的姑娘，流過感激的眼淚，並祈求天主降福於他。

〈一月四日〉

我一連熬過了幾天很痛苦的日子。我從不知這人的肉體能永受如此大的痛苦。哦！我過去的生命啊！如今我得加倍償還了。

每夜都有人守著我。我幾乎不能呼吸，昏迷和咳嗽伴隨我度過可憐的殘生。

餐室裡擺滿了友人送給我的糖果和各式各樣的禮物。我敢說，他們當中有些人還在指望我日後能成為他們的情婦。如果他們看到病魔已把我折磨成什麼樣子，他們準會嚇得逃之夭夭的。

布呂丹絲利用我收到的禮物，也大搞起她的新年送禮來了。天氣開始變暖了，醫生告訴我說，如果天氣繼續晴朗下去，過幾天我就可以到外頭去走一走了。

〈一月八日〉

昨天我乘著馬車出去了。天氣異常晴朗，香榭麗舍大街上行人熙熙攘攘。眞像是春天初綻的笑容。周圍一切的一切，似乎都帶上了節日的氣氛。我從沒想到，一縷陽光，竟包含著這無限的歡樂、甜蜜和安慰。

我熟識的人差不多都碰見了。他們都很幸福，都沉醉在愉悅之中。而多少人身在福中不知福啊！奧琳普乘著N先生送給她的漂亮馬車從我身邊經過，向我投來侮慢的眼神。她何曾知道這些東西如今與我已毫不相干了。一個我許久許久以前就認識的好心的年輕人，問我能否去和他及他的一位朋友共進晚餐，據他說他那位朋友正急於想認識我呢！我苦笑了一下，向他伸出我那熱得燙人的手。我從未見過像他那樣驚惶的臉色。

四點鐘我回到家，吃晚飯時胃口頗佳。這次出門使我覺得舒服不少。若我能恢復健康，那該有多好啊！前一晚尚在心靈的孤寂和病房幽暗的包圍中巴不得快點死掉的人，一看到別人幸福生活的景象，居然又會萌生出想要活下去的渴望！

〈一月十日〉

那恢復健康的希望不過是一種空想罷了。我如今久臥病不起了，全身貼滿了燙人的膏藥。若再拿這一具從前那麼值錢的肉體奉送給人，看看人家現在還肯給你些什麼！

我們前世一定造了什麼孽，不然就是我們來生定要享受莫大的幸福，所以爲了贖罪和考驗，天主才讓我們這一生受盡了種種哀傷和磨難。

〈一月十二日〉

我一直忍受著病魔的折磨。

N伯爵昨天叫人給我送了點錢來，我沒接受。我再也不願要那個人的任何東西了。就是他，你如今才不在我的身邊。

哦！我們在布吉瓦的美好時光啊，它如今安在？

要是我能活著走出這個房間，我一定要去朝拜我們一起往過的那幢房子；可是我到死也絕無法離開這個房間了。

誰知道我明天還能不能給你寫信呢？

〈一月二十五日〉

我已有十一個夜晚不能入睡了，我覺得窒息，每時每刻都以爲就要死去。醫生已禁止我拿筆，可是守在我身邊的朱麗•迪普拉倒還允許我寫這幾行字。你在我死之前就難道眞的不回來了嗎？難這我們就眞的從此永別了？我似乎覺得，如果你能回來，我就會恢復健康。可是，好了又有什麼用呢？

〈一月二十八日〉

今早，我被一陣喧嘩聲給吵醒了。睡在我房裡的朱麗向餐廳跑去。我聽見朱麗跟一些男人在爭吵，但那是白費唇舌，她終於哭著轉回來了。

他們是來查封東西的。我對朱麗說，讓他們去執行他們所謂的裁決吧。司法官連帽子都不脫就走進我的房間，打開所有的抽屜，把看到的每樣東西都登記下來，好像沒看到床上還躺著個奄奄一息的女人似的，幸虧法律仁慈，把這張病床留給了我。

他離開的時候的確說過，九天之内我可以上訴，可是他留下一個監視人！天啊！我將會落得個什麼樣的下場呢？此情此景更加重了我的病情。布呂丹絲想去向你父親的朋友要錢，但我不許她這麼做。

〈一月三十日〉

今天早上我收到了你的來信，這是我盼望已久的。我的回信還來得及送到你的手上嗎？你還見得著我嗎？今天是個幸福的日子，讓我忘了這六個星期來所經受的一切。我覺得似乎已好一點兒了，儘管我寫回信時心情還是很哀傷的。再怎麼樣，一個人總不能老是這麼不幸啊！

特別是當我想到我可能不會死；可能你還會回來；我還能再看到春天；你還會愛我；我們還能重新歡度去年的那種生活！

我眞是糊塗透了！當我把心中這些痴念寫給你的時候，已經是連筆也握不住了。

不管發生什麼事，我都眞心誠意地愛你，阿芒，倘若沒有這愛的回憶和再見到你在我身邊的一種渺茫的希望支持著我，我老早就離開人世了。

〈二月四日〉

G伯爵回來了。他的情婦背棄了他．他很傷心，他非常愛她呢！他把這一切統統告訴了我。雖然這個可憐的人手頭拮据，但還是付錢給那個司法官，把監視人打發走了。

我跟他談起你，他答應把我的情況轉告給你。當時我竟然忘了我曾經是他的情婦，他也想讓我忘掉此事。他是個難得的朋友。

昨天公爵親自來看我了。我不明白這個老人家怎麼還活著。他在我身邊待了三個小時，沒説幾句話。當他看到我臉色那麼蒼白，就忍不往淌下了兩滴豆大的淚珠。想必是憶起他女兒的死使得他傷心落淚的。他還要看到她第二次死去。他背駝了，頭低俯朝地？嘴角下垂，目光呆滯。年老和悲哀的雙重負擔壓在他衰竭的身軀上，他沒有責備我，不過，他彷彿看到我病成這個樣子而暗自得意，他似乎爲自己還活著而感到高興，而我呢，年紀輕輕的，反而讓病痛給折磨垮了。

天氣又變壞了。沒人來看我。朱麗盡心地照料我。布呂丹絲呢，我如今沒法給她像以往那麼多的錢，她也就開始推三托四躲開了。

不管醫生們（因爲我有好幾個醫生，這證實我的病情在惡化）怎麼説，我已是危在旦夕了，我眞後悔當初聽了你父親的話；要是我早知道我只會耽擱你一年前程的話，我就不會堅決抵抗要跟你共渡這一年的宿願了，這樣我起碼可以握著一個友人的手死去。不過，説實在的，如果我們一起度過這一年，我一定不會死得這麼快。

一切都聽天由命吧！

〈二月五日〉

哦！你來吧，來吧，阿芒！我痛苦得要命。天啊！我快死了。昨天我那麼悲哀，我去什麼地方都無所謂，就是不願再待在家裡度過那像前一晚那樣的漫漫長夜。公爵早上來了。我覺得，似乎這個被死亡忘卻的老人家的出現，只會讓我死得更快。

儘管高燒折磨著我，我還是吩咐別人把我打扮了一番，然後送我到佛德維勒劇院去。朱麗在我臉上抹了點胭脂，否則我簡直就像具死屍了。我去的是我們初次相會的那個包廂；我一直盯著正廳裡你那天晚上坐過的位子，雖然昨晚那裡坐的是個鄉下佬，他聽了演員說的無聊話總是哈哈傻笑。我被送回家時已是半死不活，整夜咳嗽、吐血。

今天我說不出話來了，幾乎連胳臂都動彈不得。天啊！天啊！我要死了！我本來就在等死了，可是我沒想到還要忍受這麼大的痛苦，如果……

從這裡開始，瑪格麗特勉強塗下的幾個字已模糊不清，以下是由朱麗接著寫的——

〈二月十八日〉

阿芒先生：

自從瑪格麗特硬要去劇院的那天開始，她的病情便日益加重。她的嗓子已完全變啞，甚至連四肢也不聽使喚了。我們這可憐的朋友嘗受的痛苦，是筆墨所難以形容的。我不曾經歷這種千苦萬難的場面，因此一直處在驚慌恐懼之中。

我多麼希望你能在這裡啊！她幾乎一直在昏迷，可是不管是昏迷還是清醒，只要她能說出幾個字，那幾個字往往就是你的名字。

醫生告訴我她的日子不多了。自從她病重以來，老公爵再也不來看她了。他對醫生說，這種場面實在叫他承受不了。

杜薇諾瓦太太眞不是個東西。她幾乎全靠瑪格麗特過活，一直想從她那裡多弄些錢，就拖欠下許多無力償還的債，如今看到瑪格麗特對她已毫無用處，竟連看也不來看她一眼了。眞是世態炎涼，人人都把瑪格麗特拋棄了。G先生爲債務所逼，不得不到倫敦避避風頭去了。他臨行前還給我們送來了些錢，總算也盡了力了。但是又有人來查封東西了，債主們就只等她死後，好動手拍賣東西了。

我本想用我自己餘下的一點錢來阻止這次查封，但是司法官卻說這沒有用，因爲跟著來的還會有別的查封。既然瑪格麗特活不成了，與其替那個她不願看見而且從未愛過她的家庭把東西保留下來，還不如全部賣掉。你根本想像不到我們這可憐的姑娘，是在怎樣一種爲豪華所掩飾的貧困中死去的。昨天我們簡直是身無分文了。餐具、首飾、喀什米爾披肩，什麼都當掉了；其餘的不是早賣了就是被查封了。瑪格麗特還能意識到周圍發生的事情，她的肉體、精神、心靈都飽受煎熬與苦楚。大顆淚珠滾下她的雙頰。她的臉頰是那麼蒼白和削瘦，即便你見到她，也認不出你昔日曾深切愛過的人的臉龐了。

她曾經要我答應，在她不能再提筆的時候替她給你寫信，如今我就是當著她的面寫的。她把目光轉向我，但卻看不見我，她的眼睛已給即將來臨的死亡蒙住了。可是她還在微笑，我相信她的全部思想，她的整個心靈都是你的。

每逢有人開門，她的眼睛就閃亮起來，總以爲是你來了；隨後當她看清不是你的時候，她的面孔又恢復了痛苦的神色，滿臉冷汗直冒，兩片腮頰漲得通紅。

〈二月十九日，午夜〉

今天是個多麼淒慘的日子，可憐的阿芒先生，早上瑪格麗特休克了，醫生給她放了血，她的聲音恢復了一陣子。醫生勸她找一位牧師，她同意了，於是醫生就親自到聖羅克教堂去請牧師。

這時，瑪格麗特把我叫到她床邊，要我打開她的衣櫥，她指著一頂帽子和鑲滿花邊的長襯衣，以軟弱的聲音對我說：「懺悔過後我就要死了；那時候你就給我穿戴上這些東西；這是一個垂死女人的一點奢求。」說罷她摟著我哭了起來，又說了一句：「我還能說話，可是一說話就閉氣，悶死我了，我需要空氣啊！」

我淚如雨下，打開了窗户。幾分鐘後牧師來了，我走到他跟前。當他得知他是在什麼人家裡的時候，他彷彿害怕會不受歡迎似的。

「請放心進來吧，神父！」我對他說。

他在病房裡只待了一會兒，出來後對我說：

「她活著的時候，是上帝的罪人，不過死時卻是個聖徒了。」

過了片刻他又回來了，跟著一個拿著十字架的唱詩班孩子，前面還有個祭司搖著鈴，表示天主來到了臨終者的身邊。

他們三個人走進了臥室。

這個房間裡，過去曾說過許多離經判道的荒唐話語，此刻竟是間聖潔的神壇了。

我跪了下來。我不知這一幕留給我的印象會維持多久，可是相信在輪到我歸天以前，再沒有什麼人世間的事，能帶給我如此深刻的感受了。

牧師把聖油塗抹在這個臨終女人的胸上、手上和額上，讀了一篇短短的禱告，於是瑪格麗特準備升天堂了，那裡無疑是她可以進去的，如果天主看到了她生時的苦難和死時的壯嚴。

從那時起，瑪格麗特沒有再說一句話，也沒有動一下。有一、二十次，要不是聽到了她那艱難的喘氣聲，我眞以爲她已經死了。

〈二月二十日，下午五點〉

一切都結束了！

半夜兩點鐘左右，瑪格麗特已走到了終點。從她發出的呻吟來判斷，從來沒有一個殉道者忍受過這麼大的痛苦。有兩三次，她在床上猛然坐了起來，彷彿要抓回來正在向天主那兒上升的生命似的。

也有兩三次，她說出你的名字，然後一切又歸於平靜。

她疲憊不堪地倒在床上，眼淚悄悄地流了出來，她是死了。

於是我走近她，喊著她的名字，她沒回答我，我使替她合上眼睛，在她額上親吻。

我親愛的、可憐的瑪格麗特啊，但願我是個聖潔的女信徒，好使我這一吻鄭重地引你見到天主。

然後，我照她生前的囑咐爲她穿戴安當，到聖克羅教堂找來一位牧師。

我爲她點上兩枝蠟燭，並在教堂禱告了一個小時。

我把她剩下的一點錢，都施捨給了窮人。

我不大懂得宗教，可是我想天主會看出我的眼淚是眞實的，我的禱告是虔誠的，我的布施是眞心誠意的。對這樣一個年輕美麗的女子，死後只有我一個人給她合上雙眼、給她裝扮，上帝也會可憐她的。

〈二月二十二日〉

今天舉行葬禮。許多瑪格麗特的朋友到教堂裡來了。有幾個還流下了眞誠的眼淚。在送葬行則前往蒙馬特爾的路上時，只有兩個男人跟在後面：專程從倫敦趕來的G伯爵和由兩個僕人攙扶著的公爵。

這些詳細的經過，都是我在她家裡寫的。是在我的淚水中、在悲慘的燈光下寫的；晚飯擺在一旁，你可想而知，我是連碰都沒有碰一下。晚飯是納尼娜爲我準備的，我已經有二十四個小時沒吃東西了。

這些淒慘的情節，是不會在我的記憶保留很久的，因爲我的生命不屬於我，正如瑪格麗特的生命不屬於她一樣。

因此，我就在這些情節發生的現場替你記錄下來，因爲生怕你還須很長時間才會回來的時候，我已不能把這些事件發生時的全部眞切悲哀，準確地報告給你聽了。

第二十七章

「你看完啦？」我讀完這份手稿以後，阿芒問我。

「如我讀到的這些內容都是真的，我的朋友，那我就懂得你承受了什麼樣的痛苦了。」

「我父親已在一封信裡對此作了證實。」

我們對剛剛逝去的那個悲慘的命運又談論了一會兒，我便回去稍微休息一下。

阿芒一直很傷心，可是因為訴說完了這個故事，心情倒輕鬆了些，身體很快便復原了。我們又一起去拜訪了布呂丹絲和朱麗，迪普拉。

布呂丹絲剛剛破產。她對我們抱怨說這都是瑪格麗特一手造成的。說什麼瑪格麗特生病的時候向她借了許多錢，給了她一些沒法兌現的期票。結果瑪格麗特死了，竟沒有還她分文，也沒有給她任何收據，使她夠得上一個債主的身分。

杜薇諾瓦太太到處散布她這一套騙人的鬼話，好做為她經濟困難的藉口。也正是靠這套騙人的鬼話，她向阿芒勒索了一張一千法郎的鈔票。他並不相信她，不過他寧願裝出相信的樣子，這純粹出自對於凡是接近過瑪格麗特的人的一種敬意罷了。

後來我們又去看望朱麗，迪普拉，她把她親眼目睹的那些傷心事說給我們聽，一想到她可憐的朋友，她又流下了悲切的眼淚。

最後，我們來到瑪格麗特的墳上。時值四月，初春的陽光已催開了早生的嫩葉。

阿芒還有一項應盡的責任，那就是回到他父親的身邊。他仍希望我能作陪。

我們到達了C城。我在那兒見到了杜瓦先生，他就像他兒子所描述的——身材魁偉，神態威嚴，性情和藹。他飽含幸福的眼淚迎接阿芒，親切地跟我握手。我一下就看出來，他父性的慈愛是超過了一切感情的。

他的女兒叫布蘭琪，她目光晶瑩剔透，容貌嫻靜優雅，說明了她的靈魂裡只蘊含著純潔的思想，她的雙唇只會說虔誠的話語。她笑咪咪地迎接她哥哥的歸來。這個純眞的少女何曾知道，遠方的一個風塵女子，僅僅由於提到了她的名字，就捨棄了自己畢生的幸福。

我在這個溫馨的家庭住了些時候，全家都爲這個給他們帶來一顆康復心靈的人忙碌著。我回到巴黎，照他敘述的這個故事如實地記載下來。它只有一個也許還會被否定掉的可取之處，那便是它的眞實性。

我並不想從這個故事裡得出這樣的結論來——以爲所有像瑪格麗特那樣的女子，都能做出她所做的事，絕非如此。我只是認識了她們之中的一個，她生平經驗過一樁嚴肅的愛情，她爲此而受盡痛苦，到頭來並爲此而捨生。我把我所知曉的告訴讀者，這是我的一項職責。——我不是宣揚罪惡的說教人，可是，不論在什麼地方聽到有高貴的靈魂在痛苦地祈求的時候，我都會樂意爲之呼應。

我再重覆一遍，瑪格麗特的故事是一個超乎尋常的故事；當然，如果它如果不是個例外的話，也就不值得我爲它花費那麼多筆墨了。

〈全書終〉

國家圖書館出版品預行編目資料

茶花女／小仲馬／著　張瑜／譯
-- 修訂一版 -- 新北市：新潮社，2019.09
面；　公分
譯自：La dame aux camelias Alexandre Dumas, files
ISBN　978-986-316-743-3（平裝）

876.57　　108010393

茶花女

小仲馬／著

張瑜／譯

【策　劃】林郁
【出版人】翁天培
【企　劃】天蠍座文創
【出　版】新潮社文化事業有限公司
電話：(02) 8666-5711
傳真：(02) 8666-5833
E-mail：service@xcsbook.com.tw

【總經銷】創智文化有限公司
新北市土城區忠承路 89 號 6F（永寧科技園區）
電話：(02) 2268-3489
傳真：(02) 2269-6560

印前作業　菩薩蠻、東豪印刷事業有限公司

修訂一版　2019 年 10 月